諸君、
の時間だ

ルナーラ・クレシェンド
Lunara Crescendo
ライアンと同室になった魔族の少女。
“冷徹な裏切りの姫”として迫害されながら、人類との共存を夢見ている。
NO,136
136
NO,372
ライアン・レランダード
Ryan Lelandard
英雄の息子であり、皇帝候補として活躍していたが、無実の罪で監獄学院に送られ、魔力ゼロの〝絶唱者〟として獄中でも底辺の存在に。
170
160
150
140
80
70
60

ロル・タンセル
Lol Tansel
ライアンと同じ孤児院で育った幼馴染。明るく心優しい性格で、治癒魔術を得意とする。
NO,246
NO,189
アーサー・エルデロ
Arthur Eldero
アインズバーグの第三棟を牛耳っている。強硬な魔族差別主義者でルナーラに敵意を露わにする。
Prisoners,
it's time to fight back.

「俺がやったのか、これを……」

「――だからルナーラ、
お前の夢を半分持たせろ」

「〝私達〟の野望は果てしないわよ？」

KEYWORD

アインズバーグ監獄学院

魔術犯罪者を収容する監獄にして、魔術の才能の持ち主を矯正する教育機関。一人として囚人の脱獄を許しておらず、また大きな戦功を残した英雄を何人も輩出している。学院長には不老不死の魔女が君臨し、学院でありながら、保有戦力は一国に比肩する。

魔族

体内魔力が結晶化し、魔石として身体の表面および内部に出現した者を指す。三百年前にその大半が独立し、それ以来人類と戦争状態にあるが、未だ人類領で暮らす魔族も少数存在し、迫害の対象となっている。

絶唱者

体内魔力を一切持たず、魔術を使用できない人間のこと。魔力の色が存在しない故の黒髪は、絶唱者の証とされる。不吉や絶望の象徴として、魔族と同様に嫌悪や軽蔑を向けられる存在。

闇月王《ムーント》

魔族領に存在する七大国の一角、闇月国《セレネール》の王。三代目闇月王《ムーント》ルナーラ・クレシェンドは、和平交渉の場で人類を攻撃した“冷徹な裏切りの姫”として英雄アルバートにより捕らえられ、アインズバーグに収監されている。

presented by Soji Aotsuka, Ruria Miyuki

囚人諸君、反撃の時間だ

蒼塚蒼時

ファンタジア文庫

3284

口絵・本文イラスト　ミユキルリア

目次
CONTENTS

Prisoners, it's time to fight back.

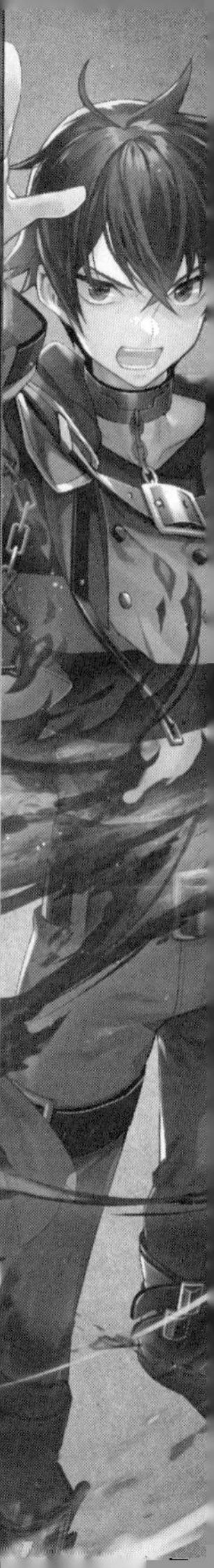

序章　白魔《はくま》事変

紅《あか》い炎と黒い煙が視界に満ちていた。

悲鳴が鼓膜に響き、家屋と肉の焦げるにおいが嗅覚を刺激する。

そんな中、ライアン・レランダードは逃げ惑う村人達とは逆行するように走っていた。

いつもは隠している黒髪を振り乱し、腰には剣を携えて、騒ぎの中心へと向かう。

そして、倒れ伏す女性と、その傍《かたわ》らに佇《たたず》む男の姿が目に入った。

「母さん……！」

少年の甲高い悲鳴がこだまし、ライアンは横たわった母親のもとへ駆け寄る。

「大丈夫？　母さん！」

ライアンは必死に語りかけるが、母親の目に生気はなく、何者かに食い千切られたような穴が脇腹に空いていた。今すぐ《治癒魔術》を施さなければならない深手。しかし、ライアンは死《し》に際《ぎわ》の母を抱きかかえることしかできなかった。

「ライアンなの……？」

消え入りそうな声が鼓膜を揺らす。

今際《いまわ》の母は、浅い呼吸を繰り返しながら、ライアンへと濁った瞳を向けた。

「うん、そうだよ……。ライアンだよ……」

ライアンは震える唇を噛《か》み締め、虚勢を張る。最期《さいご》の瞬間に弱い自分なんて見せたくなかったのだ。

母はゆっくりと腕を上げ、ライアンの頭に手を置いた。赤く湿った掌《てのひら》が、何度も何度もライアンの髪を撫《な》でる。その手つきは、何かを塗り付けているように丁寧で、だんだんと力が抜けていった。

「ほんとうに……きれいなかみね」

指が頬を掠《かす》め、地面へ落ちる、母の腕。

母親の体温が鮮血となって、抜けていくのを感じる。地面に広がった紅が、ゆっくりと黒ずんでいく。その光景を見つめながら、ライアンは悲しみよりも、強烈な怒りが心中に満ちていた。

「お前か……」

ライアンは怨嗟《えんさ》を込めて呟《つぶや》き、顔を上げる。

「お前が母さんを殺したんだな……！」

目の前に佇む男は、黒色の外套《がいとう》に身を包み、顔はおろか肌も見えない。しかし、フードから飛び出した白色の魔石を、ライアンは見逃さなかった。

「魔族……！」

ライアンは、母を殺したであろう男の種族を呟いた。

魔族の男はライアンの問いかけに答えず、その場を去ろうとする。

「待て！　逃げるな！」

ライアンは傷一つない鞘《さや》から剣を抜き、魔族へ斬りかかる。

が、次の瞬間、ライアンは腹部に強い衝撃を受け、気付いた時には地面に倒れていた。

殴られたのか、斬られたのか、それとも魔術を行使されたのか、それすらも分からない神速の業。唯一確かなのは一撃でライアンを立てなくしたことだ。

「くっ……！」

ライアンは暗くなっていく視界の中、震える手を魔族へと向ける。

「許さないっ！」

ライアンは誓う。母を殺《あや》めた魔族への復讐《ふくしゅう》を。

「いつか……仇《かたき》を取ってやる……、魔族がっ！」

意識がなくなる瞬間まで、ライアンは仇の魔族を睨《にら》み付けていた。

第一章　次期皇帝候補

月光が降り注ぐ美しい月夜。

空に雲はなく、真ん丸な月と無数の星が輝いている。

見ているだけで心が洗われるような、幻想的な夜空。

しかし、帝政国家エタリオンの辺境にある村では、悲鳴が幾重にもこだましていた。

村の広場に立つ少女は、逃げ出そうとする両足を必死に制しながら、木製の剣を構える。

対するは、少女の倍近い体積を持つ魔獣。羊を連想させる頭部と、丸太のように太い両腕。魔石の生えそろった口内から煙のような吐息が漏れ、その双眸《そうぼう》は少女に向いていた。

人類領と魔族領の境に位置するこの村は、時折魔獣が侵入してくる。しかし、これだけの巨体と魔石を持つ獣を、少女は見たことがなかった。

「逃げてっ！」

背後から母の絶叫が鼓膜を突く。

「だ、大丈夫だよお母さん。私、お父さんに剣術を教わってるんだから、魔術だって少しは使えるし……？」

少女は、魔獣の背後で倒れる父に目を向け、

「……それに算数だって苦手じゃない」

自らに言い聞かせるように呟いた。

少女の背後には母と、三つ離れた弟、それに母のお腹《なか》には妹もいる。

単純な計算だ。自分が立ち向かえば、背後の三人が助かるかもしれない。そう考えれば、無謀な戦いでも勇気を振り絞れる。

「《我は貫く者——》」

距離が離れている相手には魔術で牽制《けんせい》する。父に教えてもらった戦術の基礎を思い出しながら、詠唱を開始する。——だが、詠唱を待ってくれるほど、魔獣は優しくない。

「ガあアあァあ！」

魔獣が叫ぶ。次の瞬間、口内の魔石が光を放ったかと思うと、風で形成された刃《やいば》が少女に放たれた。

「あっ——」

少女へと一直線に走る風の刃。

身体《からだ》が真っ二つになる光景を想像させられる。しかし、恐怖に染められた少女の身体は

少しも動いてくれず、瞼《まぶた》をきつく閉じるのが精一杯だった。

一瞬の激痛と永久の虚無を覚悟する。だが、少女を襲ったのは、肌を焦がすような熱風だった。

「え……」

少女は咄嗟《とっさ》に瞼を開ける。目の前に広がっていたのは、相殺《そうさい》し合う風と炎の魔術。そして、一人の青年が少女に背中を向けていた。

頭髪を隠すように被《かぶ》られた銀色の兜《かぶと》。傷だらけの鞘は、これまでに越えてきた死線の数を物語っていた。

「大丈夫か？」

青年が投げかけた言葉で、少女はやっと自分が助けられたのだと理解する。

「後は、俺に任せろ」

青年は剣を構えると、魔獣へ疾駆する。

魔獣は突然の乱入者に驚きもせず、再び魔石を光らせると、一陣の風を撃つ。

強靱《きょうじん》な戦士でも当たればひとたまりもない風の刃。

しかし、青年は避《よ》ける素振りを見せない。左手をかざし、人差し指に嵌《は》められた指輪が赤色の光を放った。

「《業焔魔術《レッドボンド》》」

青年が呟いた瞬間、彼の手中に、荒れ狂う大海の如《ごと》き炎の奔流が顕現し、とぐろを巻くように火球を形成する。——魔術具により詠唱省略を行ったのだ。

ぶつかる、風と炎の魔術。その衝撃は少女にまで届き、少女は身を強張《こわば》らせた。

——それからの出来事を、少女は正確に理解できなかった。

魔力の相殺により生じる煙幕の中で、青年と魔獣が戦っている。時折響く悲鳴と、飛び散る血、そして月光を反射させる剣身。少女の動体視力ではそう認識するのが限界だった。

地面が揺れる。煙が晴れ、返り血で濡《ぬ》れた青年の手には、切り離された魔獣の頭部が握られていた。

「たお……した？」

少女は呆然《ぼうぜん》として呟く。村の大人数人がかりでも傷一つ付けられなかった魔獣を、たった一人の青年が倒した。しかも、少女が認知できないほどの短時間でだ。

魔獣が倒れる地響きに気付いたのか、身を隠していた村人達がぞくぞくと広場に現れる。

皆の瞳には光が灯《とも》っており、村に満ちていた絶望が青年によって掻《か》き消されていく。

「怪我《けが》はないか？」

青年に問われ、少女は何度も頷《うなず》いてみせる。きっとむせ返るような血の香りがしているはずなのに、全く気にならなかった。

「あ、あの、お名前を聞いてもいいですかっ！」

少女に名を問われた青年は、兜を着けたまま口元に笑みを浮かべた。

「ライアン・レランダード。英雄アルバートの息子にして、次期皇帝候補だ」

＊

エルデ大陸人類領にある帝政国家エタリオン。

魔族領と隣接するその国は、エルデ大陸の三大国家に数えられ、長きにわたり魔族や隣国との争いから領土を守ってきた。

国の頂点に立つ皇帝は政治、経済、軍事等、あらゆる事柄の最終決定権を持っており、十年に一度次期皇帝候補者が争う、皇帝選定戦によって定められる。

当然、皇帝候補者に凡人がなれるはずもなく、選ばれる者は、抜きんでた才能がある者や、血統に恵まれた者、あるいはその両方を持つ逸材だ。

そんな次期皇帝候補の一人であるライアン・レランダードは、帝都の酒場でジョッキを高らかに掲げていた。細身ながらもガッチリとした肉付きの身体。腰には使い古された長剣を携え、室内にもかかわらず頭部には銀色の兜を被っている。

「今日は俺の奢《おご》りだ！　お前ら、好きなだけ飲み食いしろ」

ライアンが声を張り上げると、店内の客達が一斉にジョッキで乾杯をする。

「流石《さすが》、次期皇帝候補！　太っ腹だ！」

「応援してるぜ、ライアン！」

「皇帝になったら俺を出世させてくれよなぁ！」

客からの賞賛を一通り浴びたライアンは悦に入りながら、ジョッキに入った〝電龍の涙《エレキティア》〟を一気に飲み干した。

「マスター、お代わりを頼む！」

「やけに気前がいいじゃないか、ライアン」

ライアンがバーカウンターに駆け寄ると、酒場のマスターが店の奥から顔を出す。

「国民を労《ねぎら》うのも、次期皇帝候補の役割だろ？」

「聞いたぜ、今度はデカい魔獣を倒したんだってな。怪我はなかったか？」

「多少魔術が使える個体だったが、たかが獣だからな。アルバートの息子である俺にかかればちょろいもんだ」

ライアンは、口角を上げ、驕《おご》ってみせる。

ライアンの父、アルバート・グランデは誰もが知る英雄だ。七大王の侵攻を何度も止め、第五次人魔大戦ではエタリオンの臨時皇帝となり、人類を勝利に導いた希望の象徴である。

しかし、大英雄として崇《あが》められる一方、アルバートはとんでもない好色漢としても知られており、世界を救う中で沢山の女性と恋をし、肉体関係を持ったそうだ。

ライアンは、そんな英雄と村娘の間にできた子どもであり、現在はエタリオンの次期皇帝候補として、国民のために奔走している。先日も国の辺境に魔獣が目撃された噂《うわさ》を聞き、討伐してきたところだ。

「お待たせしました、〝電龍の涙《エレキティア》〟のお代わりです」

「おっ、ありが――」

給仕役《きゅうじ》の少女に感謝を伝えようとしたライアンだったが、途中で言葉を止める。

ジョッキをカウンターに置いた少女の手。労働のせいか、擦り切れたその甲には、巨大な魔石が埋め込まれていたからだ。

――魔族。

そう思ったと同時に、ライアンは驚愕《きょうがく》から息を止めた。

「あ、あの……、お客様はアルバート様の息子様なのですか？　お話が聞こえてしまって……」

魔族の少女がたどたどしい言葉遣いで、ライアンに話しかける。

まだ幼い顔立ちで、多分ライアンより年下だろう。首に〝制魔輪《レストカラ》〟を付けているため、魔力はちゃんと制限されているようだが、頬にも魔石が現れており、見るに堪《た》えない。

「あぁ、まぁな……」

先程まで溢《あふ》れていた驕りはどこへ消えたのか、ライアンはできるだけ不快感を出さないよう手短に答えた。

すると、魔族の少女はパッと顔を明るくし、ライアンに詰め寄る。

「凄《すご》いです！　私、アルバート様のお話は母様から沢山聞きました。とても凄いです！　アルバート様はどんな人だったんですか？」

「……いや、直接親父《おやじ》に会ったことはないんだ」

ライアンは顔を逸《そ》らし、記憶の底に沈めた幼い日の傷が浮上してこないよう努める。

ドンッと、マスターがカウンターに拳を叩《たた》きつけると、少女はビクリと肩を震わせた。

「ミア、喋《しゃべ》ってないで仕事しろ」

「……はい」

ミアと呼ばれた少女はライアンに一礼をし、そそくさとホールの方に走って行った。

魔族がいなくなり、ライアンは止めていた呼吸を再開させ、マスターを睨《にら》む。

「おい！　なんで魔族なんて雇ってる？」

「アイツ、人類の半分の給料でいいって言うんだ、商売人として雇わない理由はない」

「だからって給仕役をやらせるかよ？　そのうち客と問題を起こすぞ？」

「そしたらクビにしちまえばいいだろ」

そう言って、マスターは首元に指を引くジェスチャーをしてみせた。

ライアンは全くもって聞き耳を持たない店主に苛立《いらだ》ちながら、魔族が持ったジョッキの取っ手をハンカチで拭う。

魔族とは、体内魔力が結晶化し、魔石として身体の表面および内部に出現した人間を指す。

三百年前にその大半が人類の支配から独立し、魔族領で生活しているが、先程の給仕役のように現在でも人類領で暮らす者もいる。

魔族の独立以降、人類と魔族は長期的な戦争状態にあるため、差別意識を持っている人類も少なくない。かく言うライアンもその一人だ。

ライアンは給仕役の魔族を目線で追う。

ホールでお客から注文を受けている魔族の少女。慣れない作業に頑張ってはいるようだが、客達は眉をひそめ、明らかに機嫌が良くない。

「おい、〝這魔石《ウォーカー》〟！」

魔族の差別的な呼び名が叫ばれ、店中から汚い笑い声が響く。無数の冷たい視線、悪意のある棘《とげ》が少女を貫いていた。しかし、それでも少女は気にせず、笑顔のまま注文をとっている。

「おい、ライアン。どうかしたか？」

酒場の店主に呼ばれ、ライアンは咄嗟に兜を押さえた。

無意識のうちに呼吸が荒くなり、汗が頬を伝う。まるで、大切なものを奪われるのが怖い子どものようだ。

「……悪い。今日はもう帰る」

ライアンは懐《ふところ》から金貨の詰まった袋をカウンターに置くと、酒場を急いで後にした。

店の外に出ると、夜の涼しい風がライアンの全身を撫《な》でた。まだ夜も浅い頃で、帝都の至るところから賑《にぎ》やかな声が聞こえてくる。

「おぉ、ライアンさん。是非ウチでも飲んでいってくださいよ」

「いやいや、来るなら俺の店にしてくださいよ！　次期皇帝の方から代金なんていただきませんから！」

ライアンの姿を見つけた途端、客引き達が寄ってくる。皆、今のうちから未来の皇帝に媚《こ》びを売っておきたいのだろう。

「悪いが、今は気分が悪いんでな……。またの機会にさせてくれ」

ライアンは適当に断ると、自宅へ帰るため細い路地へ入った。

地面に眠る呑《の》んだくれを跨《また》ぎ、喧騒《けんそう》から離れるように、奥へと進んでいく。

「あの……お兄さん、何か恵んでくれませんか……」

しわがれた声がライアンに向けられる。

視線を下げれば、年老いた男が祈るように手を組みあわせて、地べたに尻を置いていた。

しかし、口元に生えた金色の魔石と、過去に投獄されていた証《あかし》である赤色の制魔輪《レストカラ》を見て、ライアンは歯噛《はが》みして足を速めた。次期皇帝候補とはいえ、わざわざ罪を犯した魔族の物乞いに恵んでやる義理はないのだ。

「オラッ、死ねよ！」

しばらく歩くと、そんな乱暴な声が聞こえてきた。

見れば、いかつい男達が小さな少女を寄って集《たか》って蹴りつけている。靴の踵《かかと》が肉にめり込む度、悲鳴混じりの呻《うめ》き声が響いていた。

事情は分からないが、明らかにやりすぎだ。

ライアンは剣の柄《つか》を握る。が、蹴りつけられる少女の腹部に魔石を見つけ、ライアンは柄から手を離した。

悪事を働くのは魔族だと、昔から相場が決まっている。きっとあの少女が彼らの持ち物を盗んだのだろう。

ふと、少女の涙ぐんだ瞳と目が合ったが、ライアンは兜《かぶと》を深く被《かぶ》り、さらに路地の奥へと進んでいった。

魔族に慈悲をかける必要はない。奴《やつ》らは残忍で、冷酷で、いつでも腹の底では悪事を企てている。差別され、酷《ひど》い仕打ちを受けて当然なのだ。

ライアンの自宅は路地を抜けた、閑静な住宅地にある。豪華な屋敷《やしき》が立ち並んでおり、住んでいるのは貴族や、名のある魔術師一家ばかりだ。魔族はもちろん、酒場にいるような連中は一人もいない。

次期皇帝候補に選ばれたとはいえ、まだ年端《としは》もいかない少年の稼ぎでは住めない場所である。しかし、ライアンには皇帝候補としての活動を支えてくれる国の重役がおり、その男に衣食住の金を援助してもらっているのだ。

ライアンは家の鍵を開け、ドアノブを捻《ひね》る。ライアンの家は、この地域だと小ぶりだが、それでも一人で住むには十分すぎる広さだった。

室内は暗く、家具の輪郭も見えなかったが、ライアンは一人になれたという安堵《あんど》感から兜に手をかける。――その瞬間だった。

「痛っ……！」

ライアンは瞳に不思議な刺激を感じ、頭を抱える。

まるで微弱な電気を流されたような、今までに得たことのない痛みだった。

ライアンは目を瞬《まばた》かせながら、顔を上げる。すると、暗い部屋の奥にぼんやりと人の輪郭が浮かび上がっていた。

「誰だっ？」

咄嗟《とっさ》に剣を抜き、叫ぶライアン。

我が家という、この世で唯一安心できる場所に誰かがいる。しかも、一瞬前まで気付かなかった。たった今瞳に走った痛みも、目の前の何者かがやったのだろうか。

その何者かが凄《すさ》まじい勢いで迫ってくるのを感じ、ライアンは反射的に剣を構え、指の魔術具に意識を向けた。

――しかし、闇の奥から現れたのは中年の男性。

男性はユラユラと歩み寄ると、ライアンに向かって倒れかかってきた。

「お、おい！　なんだよオッサン？」

ライアンは慌てて男性を起こそうとする。が、男性の足に力はなく、背中には刃《やいば》で斬り付けられたような巨大な創傷と、そこから流れる血。男性の瞳は白く濁り、生というものが少しも宿っていない。そして何より、男の顔には見覚えがあった。

「ザケル……なのか？」

ザケル・パスカル。国の頭脳である十一賢者の一人であり、ライアンを援助していた支援者だ。そのザケルがライアンの家で死んでいる。しかも、まるで何者かに斬り伏せられたような傷を背中に負ってだ。

何者かの気配を感じて剣を抜いてみれば、闇から出てきたのは知り合いの死体。恐怖と困惑に脳が侵され、何一つとして理解ができない。

「とりあえず、騎士団を……」

何にしても死体を発見したのだ。いち早く帝都騎士団を呼ばなければならない。

ライアンは急いで玄関の扉を開ける。すると、まるで時を見計らったかのように、二人組の男が家の扉を叩こうとしているところだった。白と金を基調とした鎧《よろい》。格好からして、間違いなく帝都の騎士である。

「近隣の住人から通報を受けたのですが――」

騎士の男が訪ねた理由を話す。しかし、奥に倒れている死体を見て、言葉を詰まらせた。

「これは、なんて……ことだ……」

「あぁ、俺が帰ったら死んで——」

「お前が……やったのか？」

「え？」

騎士から出た、予想外の問いかけに、ライアンは聞き返してしまった。

「お前が殺したのかッ！」

「何を言ってやがる……」

意味不明な濡《ぬ》れ衣《ぎぬ》を、ライアンは否定しようとする。しかし、その時になって初めて、ライアンは自分の状態を理解した。

ザケルの血で汚れた上半身と、鞘《さや》から抜かれた剣。ザケルの背中にはまるで、ライアンが斬り付けたような巨大な創傷。そして、犯行現場はライアンの自宅だ。

——この状況だけを見れば、ライアンがザケルを斬り殺したように見えるだろう。

「ち、違う……、違うんだ！　俺は殺してない！」

何度も首を横に振る、ライアン。思考が恐怖へ堕《お》ち、胸を潰すような焦燥感が呼吸を苦しくさせる。

しかし、騎士達はライアンの弁解に聞く耳を持たず、後ろへ下がると、剣を抜いて臨戦態勢をとった。

「──《拘束する水縄《ウォーターバインド》》」

騎士の一人が叫び、腕に刻まれた詠唱文が光る。

次の瞬間、液体で形成された縄が出現し、ライアンの身体《からだ》を縛り上げた。

「ッ？」

「今だ！　押さえつけろ！」

騎士が叫び、ライアンの身体が地面に叩《たた》きつけられる。

「違う！　俺じゃない！」

「油断するな、魔術を隠し持っているかもしれない！」

押さえられたライアンはもがき、必死に抵抗する。しかし、拘束された身体で男二人に敵《かな》うはずがない。

「俺はやってない！」

「暴れるな、人殺しがっ！」

「俺は無実だあぁぁあ！」

青年の叫びが、夜の帝都にこだました。

＊

「これより、ザケル・パスカル殺害事件の公開審問会を開始します」

壁から椅子まで全てが白色で統一された、帝国議会場。

次期皇帝候補が殺人の容疑で捕らえられた、という知らせは一瞬で国中を駆け巡り、会場の後方にある傍聴席には数え切れないほどの人間が押し寄せていた。

その中心に膝をつかされているライアンは、前方から自身を見下ろす十人の男女に、忌々《いまいま》しげな視線を向ける。

――十一賢者。

エタリオンの最高権力者である皇帝に助言を行う国の頭脳であり、ライアンの運命を決める審判者達だ。

「被告人、ライアン・レランダードは立ちなさい」

議長の命令で、騎士が手錠のかかったライアンを無理やり立たせた。

「ライアン・レランダード、貴方《あなた》は六月七日の夜、我が同胞ザケル・パスカルを斬殺した」

議長は隣にある空席へ目を向ける。そこには本来、十一賢者の一人であるザケル・パスカルが座っているはずだった。が、何者かによってザケルが殺《あや》められた今、その席に彼が座ることは永遠にないだろう。

「この罪状に異論はありますか？」

「あるに決まってるだろ！」

ライアンは苛立《いらだ》ちを隠さず、声を荒らげる。

「何度だっていうが、俺は殺してない！　帰った時には殺されてたんだ！」

「ならば、偶然貴方の家で殺されていたというのですか？」

「しかも、貴方以外に容疑者はいません」

「でも、彼は酒場にいたっていう情報もあるよ」

「では、何故《なぜ》剣を抜いていた？　何故ザケルの血を浴びていたというのだ？」

「彼は次期皇帝候補者で、ザケルから金銭的な支援を受けていたという話を聞きます。彼にザケルを殺める理由はないかと」

賢者達から無数の質問が浴びせられ、ライアンが答える隙間もなく勝手に議論が進められる。中には、ライアンの犯行に疑問を持つ声もあったが、大方の者達はライアンが犯人であると決めつけているような口ぶりだ。

苛立ちがフツフツと煮えたぎってくる。

十一賢者の一人を殺めた、と無実の罪で捕らえられ、ライアンの主張は一切聞かれない。怒るなという方が無理な状況だ。

「いい加減にしろよ、お前ら！　俺は皇帝候補なんだぞ？　俺が殺すはずないだろ！」

ライアンは自らに言い聞かせるように叫ぶ。すると、それを皮切りに傍聴席から彼を庇《かば》う声が続いた。

「そうだ！　ライアンが殺すはずない。俺達と酒場にいたんだ！」

「彼は俺の村を救ってくれた英雄だぞ！」

「きっとどこかの魔族が金欲しさに殺したのよ！」

途切れることなく、ライアンの無実を訴える声が響く。傍聴席には帝都で見かけた顔がいくつもあった。十一賢者がライアンを犯人だと決めつけていようと、皇帝候補としてのライアンを見ていた者達は、彼の無実を信じているのだ。

「皆さん、静粛に願います」

議長が《拡声魔術》の刻まれた魔石で声を響かせる。

「皆さんの意見はよく分かりました。私も、次期皇帝候補から犯罪者が生まれるのは望んでいません」

議長の眉間には皺《しわ》が寄っており、場の空気に苛立っている様子だ。

「──ところで、これはとある筋から得た情報ですが……、それを確かめれば皆さんの考えも変わるでしょう」

「なに……？」

「そこの騎士、彼の兜《かぶと》を取りなさい」

「……なっ！」

ライアンは議長の意図を理解し、咄嗟に頭を振って抵抗する。

皇帝候補の地位を使い、取り調べでも脱がされるのを拒んだのだ。ここで取られるわけにはいかない。

「やめろ！　取るな！　取らないでくれ！」

が、必死の抵抗も虚《むな》しく、騎士はライアンの兜に手をかけると、力任せに剝ぎ取った。

露《あらわ》になるライアンの素顔、そして頭部。

その姿に、議会場にいた全ての人間が驚愕《きょうがく》の声を漏らす。

それはまるで、白紙に一滴だけインクを落としたようだった。

「やめろ……見るな……」

ライアンは蹲《うずくま》り、必死に頭髪を隠そうとするが、手錠をかけられているため、それす

ら も叶《かな》わない。

「皆さんご覧下さい、彼の頭髪を。その〝黒髪〟こそが、〝絶唱者《ぜっしょうしゃ》〟の証《あかし》こそが、次期皇帝候補の真の姿です」

――絶唱者。

魔力は大きく七つの属性に分けられ、それらは七大元素と呼ばれる。

この世界の人間は誰もが体内に魔力を持ち、魔力の色は頭髪に現れるとされている。

しかし、極々稀《まれ》に体内魔力を一切持たない存在が生まれる。それが絶唱者であり、その頭髪は悪魔が色を塗り潰したように、まるで未来や希望を断つかのように、黒く染まるのだ。

「皆さんご存じのように、絶唱者は魔力を持たず、大半の民族や風習では不吉や絶望の象徴として、生まれてすぐ殺してしまいます。そんな不吉の象徴である彼が、ザケルを殺めていないはずがありません」

もはや理屈も何もない、ただのこじつけだ。

絶唱者がどのような扱いを受けるか、子どもの頃に十分味わった。虐《いじ》められ、蔑まれ、差別され、まるで魔族のような、あるいは、それ以下の扱いを受ける。

だからこそ黒髪だと、絶唱者だとばれないよう、そして皇帝候補として扱われるよう兜を被《かぶ》って生活してきた。

——だが、たとえ絶唱者であることが明るみに出たとしても、ライアンが次期皇帝候補として積んできた善行は消えない。きっと民衆は絶唱者としてのライアンを受け入れてくれる、そんな期待を抱いた時だった。

「——この絶唱者が！　俺達を騙《だま》してたのか！」

無慈悲な声が、ライアンの希望を踏み潰す。

それを皮切りに、先程まで皇帝候補を庇っていた傍聴席から、絶唱者を罵る声が響いた。

人々は目を逸《そ》らし、中には嫌悪《けんお》と軽蔑のこもった目線を向けてくる者までいる。

「違う！　騙してたつもりは——」

ライアンは必死に弁解をしようとする。

しかし、議会場を満たす騒音に圧倒され、絶唱者の声は誰にも届かない。

「あぁ……」

視界が歪《ゆが》む。

ライアンはもう有罪か無罪かなんて、どうでも良かった。

どれだけ人のために尽くそうと、絶唱者は忌《い》み嫌われる存在。

黒髪だと露呈した今、もはやライアンに生きる希望はない。

「では、判決を――」

「へー、本当に絶唱者がいるとはね」

判決が下されようというその時、何者かが議長の声を遮った。

徐々に近づいてくる足音と、大きくなるどよめき。

傍聴席の人々を割って現れたのは、ライアンの黒髪と対極に位置するような白髪の女性。

七大元素全てを具《そな》えた白髪を踝《くるぶし》まで伸ばし、軍服のような衣服を纏《まと》っている。

突然の来客に十一賢者すらざわつき、議長が鋭い目付きで彼女を睨《にら》んだ。

「アデル・クロウリー……」

アデル・クロウリー。ライアンもその名を聞いたことがある。不老不死の魔術に到達し、この世で八人しかいない〝魔女〟の称号を冠する存在だ。

アデルはライアンに近づくと彼の髪を握りしめ、頭部を引っ張り上げる。

間近に迫る魔女と、目を合わせるライアン。

まるで品定めをするようにアデルはしばらくライアンを見つめると、髪から手を離し、議長に向き直った。

「ねぇ、この絶唱者、俺様が貰《もら》ってもいいわよね？」

アデルの提案に、議会場が一層騒がしくなる。

「なっ！　何を言っているのですか！　彼は──」

「どうせ、他に容疑者を捕まえられなかったから、十一賢者の面目を保つために殺すのでしょう？　それなら、俺様が引き取って有効活用するわ」

「しかしっ！」

「──いいわよね？」

魔女は同じ問いかけで、議長の声を遮る。

声色も態度も先程と全く変わらない。しかし、アデルの指に灯《とも》った魔力の光を見て、ライアンは気付いた。──アデルは許可を求めているのではなく、命令をしているのだと。

議長は悔しそうに唇に歯を立て、拳を握りしめる。

「……いいでしょう。──判決を下します。ライアン・レランダード、貴方にはアインズバーグへの入学を命じます」

「良かったわね、絶唱者」

アデルはライアンを見下ろし、不気味に笑ってみせた。

「お前も、俺様の〝国〟に来れるわよ？」

第二章　アインズバーグ監獄学院

薄暗い照明と、石畳《いしだたみ》の床。

窓から射《さ》す太陽の光は鉄格子《てつごうし》で遮られ、線状の影が空間を染め上げていた。

看守棟の一階には、本日付けで収監された囚人達が横一列に並ばせられている。その中でライアンは、少しでも頭髪が見えないよう、手錠をかけられた両手で頭を隠していた。

「――ようこそ、〝アインズバーグ監獄学院〟へ」

紫色の制服を纏った女性が前に立ち、囚人達の顔を見回す。

「私はヴィオレ・リーベン。お前達の牢《ろう》がある第三収監棟の主任看守を務めています」

鋭い目付きと、背中で纏められた藍色の髪。

顔立ちからして、ライアンより少し年上に見えるが、少しの歪みもなく、キッチリと制服と制帽を着こなしているせいか、ずっと大人びた雰囲気を纏っていた。

手に持ったロッドは翼を模した装飾が付いており、至る所に細かな詠唱文が刻まれていることから、高度な魔術具だと窺《うかが》える。

「知っての通りかと思いますが、アインズバーグはお前達のような魔術犯罪者を閉じ込めておく監獄であり、お前達のように才能がある者を育てる教育機関です」

エタリオンには、魔術犯罪と呼ばれる犯罪の区分がある。

主に魔術を用いた殺傷、窃盗等を指す際に用いられ、犯した者は魔術犯罪者として監獄に収監される。

しかし、魔術犯罪を行えるとは、それだけ魔術の才能、技術を持っているということだ。いつ魔族が攻めてくるか分からない現状、国としては、才能ある者達を腐らせておけない。

そこでエタリオンは、魔術犯罪者達を収監すると同時に、将来の英雄となるよう矯正するため、アインズバーグ監獄学院を設立した。

学院長には不老不死の魔女、アデル・クロウリーを置き、設立から五十年が経《た》った現在まで、未《いま》だ一人として囚人の脱獄を許しておらず、先の大戦では戦局に大きく貢献した英雄を何人も輩出している。単純な保有戦力だけで考えるならば、帝都騎士団や小国に劣らず、アデルは十一賢者にも勝る力を持っているため、もはや魔女が支配する国といっても過言ではない。

「そのため、アインズバーグは完全な実力主義であり、管理体制は一般的な監獄とは違います。ここではお前達の功績を〝贖罪値《しょくざいち》〟として、それぞれの魔石で管理しています」

そう言うと、ヴィオレはポケットから銀色の魔石を取りだした。円形に加工されており、表面には数字が表示されている。

「贖罪値は授業や刑務作業の参加で貯《た》めることができ、食事や牢の設備を向上させる等、どんなことにも使用できます。言わば通貨です」

「つまり、その贖罪値を貯めれば外に出られるのか？」

ライアンは頭に浮かんだ希望を口に出す。

ヴィオレはゆっくりと首を回し、ライアンの顔を見ると、表情一つ変えずに彼のみぞおちへロッドの先端をめり込ませた。

「うっ……？」

突然の衝撃に膝を突くライアン。

「誰が質問していい、と言いました？」

「っ！　何しやがる！」

ライアンはヴィオレを睨む。が、一瞬の間もなく、ライアンの頬をロッドが殴りつけた。

「誰が反抗していい、と言いました？」

床に這《は》いつくばったライアンを、ヴィオレは冷酷な目で見下ろす。

「よく聞きなさい。才能が認められたとはいえ、お前達は囚人、この国の汚点です。呼吸をするにも私達の許可がいると思いなさい。分かりましたか？」

「……はいっ」

ライアンは歯を噛《か》み締めて答える。

未だ反抗的な目をするライアンを見て、ヴィオレは鼻で笑う。

「英雄アルバートの息子にして、次期皇帝候補だった、ライアン・レランダードですか。アデル様に気に入られたようですが、私はお前を特別扱いはしません。――こいつを立たせなさい」

ヴィオレが指示を出し、他の看守がライアンを無理やり立たせる。

「説明は以上です。詳しい魔石の使い方は同室の者に聞きなさい。これより、お前達の洗浄と制魔輪《レストカラ》の装着を行います」

ヴィオレの言葉に看守達が動き、先頭の囚人から服を脱いでいく。列には男女問わず並んでいるが、更衣室なんてものは存在しない。

「三七二番、服を脱げ」

番号で呼ばれたライアンは言われた通りに服を脱ぎ、留置により細くなった身体《からだ》と腹部に刻まれた痣《あざ》を晒《さら》す。

「《水流魔術《アナライド》》」

看守が魔術名を宣言し、ライアンの身体に水流が当てられる。皮膚が剝がれそうな激痛を感じたが、ここでは苦痛の声を漏らすことも許されない。

「よし、いいぞ。次はあそこに座れ」

全身をくまなく流され、ライアンはビショビショに濡《ぬ》れた状態で椅子に座らせられる。

金属製の冷たい座面と背もたれが、ライアンの濡れた身体をさらに冷やした。

ライアンは正面に立つヴィオレと、その隣にある作業台を睨んだ。作業台には制魔輪《レストカラ》がいくつも並んでいる。囚人が自由に魔術を使えては管理が困難になるため、人類領で暮らす魔族のように、使用できる魔力を制限するのだ。だが——

「……絶唱者であるお前に、制魔輪《レストカラ》は必要ありませんね」

ヴィオレはそう言うと、制魔輪《レストカラ》ではない普通の首輪をライアンに嵌《は》める。

「ですが、懲罰用の魔術は他の囚人と同様に刻まれています。妙な気は起こさないように。分かったなら行きなさい」

首輪を付けられたライアンは椅子から立たされ、囚人服と魔石を受け取る。

「俺は……、アルバートの息子なんだぞ……！」

素足で監房へと続く廊下を歩きながら、自らを信じさせるように呟《つぶや》く、ライアン。

数日前まで、ライアンは確かに次期皇帝候補だった。皆から存在を認められ、アルバートの息子として扱われてきた。だが今は、無実の罪で監獄へ入れられ、布切れ一枚纏わぬ姿で、まるで魔族のように首輪を嵌められている。

絶唱者だと明るみになり一面絶望だった感情に、少しずつ怒りが芽吹き始めていた。

本を正せば、ザケル殺しの罪を着せられていなければ、アイン《こ》ズバー《こ》グに入れられることもなかったのだ。

湧き上がる怒りと屈辱を食いちぎるように、ライアンは奥歯を噛《か》み締めた。

「出てやるっ！」

ライアンは受け取った魔石を握りしめる。

アイン《こ》ズバー《こ》グは犯罪者を隔離すると同時に、英雄を育成する機関だ。実力を示せばきっと外へ出ることができる。

「こんな場所、すぐに！　一瞬でッ！」

確かな決意を吐露し、何も纏っていないライアンは力強く足を踏み出した。

収監棟は、中央に広い廊下があり、その両側に三階建ての牢屋《ろうや》が所狭しと並んでいた。

今は自由時間なのか、至る所にいる囚人達がまるで獲物を探すカラスのようにライアンを見つめ、罵詈雑言《ばりぞうごん》を飛ばしてくる。

「おい、見ろよォ！　アイツの髪黒いぜ？」

誰かが叫び、弾むような笑い声が続く。

新入りは裸で自分の牢まで歩かされる。辱《はずかし》めを与え、自分がどんな場所に来たのかわからせるためだろう。

兜《かぶと》がない今、次期皇帝候補という自信も、アルバートの息子という誇りも奪われてしまった。これだけの囚人に髪を見られれば、絶唱者だという噂《うわさ》はもう消えないだろう。

ライアンは少しでも髪を見られないよう、片手で頭を押さえながら、自分の檻《おり》へ急いだ。

廊下を駆け、階段を登り、ライアンが辿り着いたのは二一七番の牢。

檻は開いており、ライアンはなりふり構わず飛び込む。

鼻につくカビ臭さと、薄暗い室内。

奥の壁には、拳ほどの大きさしかない窓が開いており、左右に薄汚れたベッドと、今にも崩れそうな机が一台ずつあった。

ライアンは一人になれた安堵《あんど》感で、ベッドに腰を落とす。速くなっていた動悸《どうき》と、緊張で縁が黒くなっていた視界が、ゆっくりと正常なものに戻っていく。

「ふぅ……」

ライアンは大きく息を吐き、ベッドに身を沈めようとする。その瞬間、ライアンの手を柔らかな感触が包み込んだ。

「んぁ……」

寝ぼけたような嬌声《きょうせい》。はだけたシーツ、透き通るような肌と、ライアンの手が沈み込んだ太もも。──ライアンはそれを見てやっと、誰かが寝ていたのだと理解した。

「ああああああぁ！」

「ちょっ、な、何事……？」

叫ぶ、ライアン。その声に、寝ていた少女も飛び起きた。

頭からシーツを被《かぶ》って、ライアンは机の上に避難し、少女はシーツに包《くる》まったまま、壁に背中を預ける。

少女は鋭い目付きでライアンを睨《にら》んでいた。薄いシーツ一枚では素肌を隠し切れず、女性らしい柔らかそうな胸元と四肢、銀色の長髪が布切れの隙間からはみ出している。だが、恥ずかしさを押し殺すように身を強張《こわば》らせ、威厳すら放っていた。

「あ、貴方《あなた》、ここは私の部屋よ。何をしているのかしら？　し、しかも裸なんて！」

「俺は今日からこの牢で暮らすんだよ！　ていうか、裸なのはお前もだろうが！」

「私の部屋で私がどう寝ようと勝手でしょう？　──ちょっと、待ちなさい。じゃあ、新入りということ……？　と、とりあえず詳しい話は後よ。まずは服を着なさい。……め、

目のやり場に困るわ」

しぼむような声で少女が言い、二人は背中合わせで、囚人服に袖を通す。

衣擦《きぬず》れの音に掻き消されそうな声量で、少女が尋ねてきた。半裸を見られたのが余程恥ずかしかったのだろう。

「……貴方、名前は？」

「……ライアン。ライアン・レランダードだ」

ライアンは少し悩んでから、少女に名前を教えた。

誰ともつるむ気はないが、相部屋の囚人とはどう足掻《あが》いても関わることになる。少しは友好的にすべきだろう。

「……ということは、貴方がアルバートの倅《せがれ》？」

「俺のことを知ってるのか？」

「もちろん知っているわ。英雄アルバートの倅で皇帝候補だった男が、賢者殺しの罪でアインズバーグに来るって噂《こ》になっていたもの」

ということは、ライアンが絶唱者という情報もすぐに広まるだろう。

「しかし……そう……、三十年で初めての同室があの男の倅とはね。……運命というのはあるのかもしれないわね」

少女はぼそぼそと呟き、自嘲する。

「もうこちらを向いても良いわよ、アルバートの倅」

少女に言われるがまま、ライアンは振り向いた。

その瞬間、ライアンは息を呑んだ。

目の前には、ボロボロのワンピースと、囚人服である灰色のローブを纏《まと》った少女。

背中に流れるベルベットのように滑らかな銀色の髪。まるで宝石が埋め込まれているように美しい赤褐色の瞳と銀色の瞳孔。そして、それを違和感なく受け止めている造作の面。街ですれ違えば、老若男女《ろうにゃくなんにょ》問わず視線で追ってしまうだろう。

しかし、ライアンが息を呑んだのは、少女があまりに美しかったからではない。頭部から生えた〝それ〟が目に入ったからだ。

「そういえば、まだ私の名を教えていなかったわね」

少女は鮮やかな銀髪を翻《ひるがえ》し、優し気な微笑を浮かべる。

「私は、ルナーラ。ルナーラ・クレシェンドよ」

ライアンの目を何よりも引き、胸から溢《あふ》れそうなほど嫌悪《けんお》感を抱かせたもの。それは、ルナーラの両側頭部から前方に向かって生えた銀色の魔石だった。

「魔族……、かよ」

ライアンは微《かす》かな声で、この世で最も嫌う存在の名を呟いた。

『アインズバーグ監獄学院は贖罪値《しょくざい》という仕組みを採用している。

贖罪値は授業と刑務作業の参加や、監外作業で貯《た》めることができ、贖罪値を消費することで衣食住の質の向上や制魔輪《レストカラ》の解放、学院の制度を変更させることが可能である。贖罪値は囚人間で譲渡することができ、贖罪値で購入できるのは以下の通り――』

「何を読んでいるの？　アルバートの倅」

灰色のローブを纏ったライアンが、ベッドに座って監獄規則の本を読んでいると、ルナーラが本の上から顔を覗《のぞ》かせてきた。

眼前に魔族の顔が迫り、ライアンは呼吸を止める。

「見てわからないのか。アインズバーグのルールを頭《こ》に入《こ》れてるんだよ」

苛立《いらだ》っているとわかるよう、ライアンは語気を強めて言う。

「へー、偉いのね、貴方。自ら知識を得ようとするのは良い行いだわ」

だが、ルナーラはライアンの態度など気にせず、感心したように頷《うなず》いてみせた。

「――けれど、同時に愚かな行為ね。私はこの監獄に三十年いるのよ。書物など読まず、私に聞く方が合理的だと思うけれど」

ルナーラは鷹揚《おうよう》に胸へ手を当て、誇るように顎を上げる。

「同室のよしみで、特別に何でも教えてあげるわ。食堂の献立から良い景色の見える場所まで、私に答えられないものはないのだから」

ライアンの隣に腰を下ろし、足を組むルナーラ。

ライアンは小さく舌打ちをすると咄嗟《とっさ》に腰を上げ、牢《ろう》の外へ出た。他の囚人に黒髪を見られたくなかったが、魔族と同じ空間にいるよりマシだ。

「どこへ行く気?」

しかし、ルナーラはライアンの後を付いてくる。

「何で付いてくる。今は自由時間なんだろ? 好きにさせろよ」

「けれど、新入りの貴方では右も左も分からないでしょう? せっかくの機会だから、私が案内を――」

「そういう話じゃねぇよ!」

ライアンはルナーラの声を遮る。ルナーラの眼前に顔を押し寄せ、自身の黒髪を乱雑に握った。

「見ろよ、この髪を! これが何を意味してるか、魔族のお前だって知ってるだろ!」

だからこれ以上構うな、とライアンは睨んで訴えた。

どれだけ友好的な態度を取ろうと、この魔族はきっと腹の底で笑っている。魔力がないライアンを蔑んでいる。しかもこの監獄学院にいるということは、ルナーラも犯罪者の一人。そんな奴《やつ》の言葉を信じられるはずがない。

「そうね、貴方の髪が何を意味しているかは知っているわ。でも――」

ルナーラは静かに答え、続ける。

「私は髪の色程度で接し方を変えるほど愚かではないわ。それとも貴方は、人の外見で態度を変えるのかしら？」

ルナーラの赤い瞳は少しも動かずに、ライアンを見つめ返していた。まるで女王を思わせる不遜な態度にライアンは気圧《けお》され、目を逸《そ》らす。

「……あぁ、俺は変えるよ。特に、お前みたいな魔族にはな」

ライアンは捨て台詞《ぜりふ》を吐いて、廊下を進む。これ以上ルナーラと話していると、母を亡《うしな》った時のことを思い出してしまいそうだ。

ルナーラがその後を付いてくることはなかった。

ライアンは収監棟からグラウンドに出る。

土の敷きつめられた広大な土地。五つの集団が別々の球技をしているが、それでもスペースに余裕があった。

できるだけ人目に付かないよう、ライアンは隅のベンチに腰を下ろし、囚人達の様子を窺《うかが》う。

まだ収監されて数時間しか経《た》っていないが、大まかにはアインズバーグの仕組みを理解した。

アインズバーグは監獄と同時に、教育機関でもあるため、一般的な監獄より自由が認められている。日中の行動は囚人それぞれに任されており、何をするかは自由だ。

しかし、少しでもまともな生活を送るには贖罪値を貯める必要があり、それには授業か刑務作業の参加が必須になる。

現に、今でも収監棟の隣にある校舎では魔術に関する授業が行われており、机に向かっている囚人、もとい生徒が窓から見えていた。彼らは贖罪値のため、授業に参加したということだろう。逆に、今グラウンドで遊んでいる者は贖罪値より、娯楽を優先したということだ。グラウンドにいる看守達が何も言わないことから、彼らの過ごし方も認められているのだ。

そして何より特徴的なのは——

ライアンは自身の腰に提げた長剣を見た。

——この監獄では武器の所持が認められていることだ。

魔力に関しては制魔輪《レストカラ》で制限されているが、魔術の使用自体は禁止されていない。贖罪値を使用すれば、制魔輪《レストカラ》の制限を緩め、魔術具を持ち込むこともできる。

つまり、アインズバーグでは囚人が力を持つことを認めているのだ。これが一般的な監獄との一番の違いだろう。

才能がある厄介者達を一つの空間に閉じ込め、贖罪値を餌に実力を付けさせ、従順な英雄に育て上げる。それが、監獄と学院の要素を持ったアインズバーグのやり方なのだ。

ライアンは先程読んだ監則を思い出す。そこには確かに、出所に必要な贖罪値が書かれていた。

——その額、一千万。

つまり、贖罪値を一千万貯めさえすれば、自由の身になれるのだ。

だが、アインズバーグの出身となれば、凶状持ちとして絶唱者のように疎《うと》まれ、まともな生活を送れない。

そのため、大抵の囚人は真っ当に刑期を終えるか、才能を認められて帝都騎士団や軍といった組織からスカウトされるのを待ち、贖罪値を使ってまで外に出ようとしない。

ライアンは賢者殺しの罪をきせられたため、刑期を終えるには何十年、下手したら死ぬまで出られない上に、わざわざ絶唱者を招き入れたい組織もないだろう。冤罪《えんざい》を晴らそうにもここで証拠を集める術《すべ》はなく、不老不死の魔女が学院長として君臨している以上、脱獄なんてもってのほかだ。

一日授業に参加すれば百、刑務作業なら五百から五千の贖罪値を得られる。一千万という額を貯めるには途方もない年月を要するが、ライアンが自由になるには、贖罪値を貯めるしか方法がない。そして、出所したあかつきには、ライアンに罪を擦《なす》り付けた何者かを突き止め、復讐《ふくしゅう》をするのだ。

「……落ちぶれたもんだな、俺も」

ライアンは自嘲する。少し前まで皇帝を目指していたのに、今では首輪を嵌《は》められ、復讐に取りつかれている。

どうして皇帝になりたかったのか、もう思い出すこともできない。そもそも最初からそんなものはなかった気もする。

アインズバーグに収監された今、ライアンに次期皇帝候補の資格は残されていないだろう。だが、それでも皇帝候補という鎧《よろい》を纏わせなければ現実に押しつぶされてしまいそうだった。

その時、何かが迫ってくるのを感じ、ライアンは反射的に顔の横で〝それ〟を掴《つか》んだ。

重い衝撃が掌《てのひら》を襲い、腕が痺《しび》れる。

手に握られていたのは拳サイズの岩。頭に当たっていればただでは済まなかっただろう。

「ハッ！　まさか、本当に絶唱者がいるとはなぁ！」

直後、嘲りと共に、いくつもの足音が耳に届く。

ライアンが顔を向けると、十人程の集団がこちらに近付いていた。

「よう、新入り。俺はアーサー・エルデロ。お前が暮らす第三棟のボスだ」

先頭に立った青年が名乗り、蔑みを孕《はら》んだ視線でライアンを見下ろしていた。

赤色と茶色の魔力が混ざりあったような焦茶の髪と、睨《にら》んだ者を凍りつかせそうな鋭い目付き。囚人服の袖が捲《まく》られた左腕には、茶色の紋章が刻まれており、首からは未加工の魔石で飾られたネックレスを垂らしている。

「これ、お前が投げたのか？」

ライアンは摑んだ岩石を掲げる。

「ほう、魔力がなくても言葉は理解できるのか。こいつの調教師はよほど優秀だったらしい」

アーサーが嗤笑《ししょう》し、彼の取り巻きがゲラゲラと汚い笑いで共鳴する。

ライアンは苛立ちを抑えずに、岩石を投げ捨て、アーサーに詰め寄った。

「舐《な》めた口利《き》いてくれるじゃねぇか……！　お前、誰に喧嘩《けんか》を売ってると思ってる」

「賢者殺しの薄汚い絶唱者だろう？」

ライアンは顔を間近に迫らせるも、アーサーは少しも怯《おび》えた様子を見せない。

アーサーからすれば、ライアンは次期皇帝候補ではなく、魔力を持たないただの新入りなのだ。

「そう睨むな、黒髪。絶唱者とはいえ、お前も人類の端くれだ。俺はお前を歓迎している。

――だから、ちょっと顔を貸せ」

アーサーが手を上げると、彼の取り巻き達がライアンを取り囲んだ。ライアンを逃がさないようにしているのだろうが、ここまで好きに言われて、引き下がるライアンではない。

「上等だ、茶髪。俺が何者か、身体《からだ》で分からせてやるよ」

ライアンは剣の鞘《さや》を握り締める。

アインズバーグ監獄《こ》学院《こ》でのライアンは、魔力を持たない絶唱者に過ぎない。ならば、実力で、己が何者か知らしめる必要がある。

＊

アインズバーグ監獄学院の境界に、外と中を隔絶するような高い塀は存在しない。

その代わりにあるのが、土地全体を覆うようにドーム状に張られた橙《だいだい》色の結界だ。

魔女アデル・クロウリーが直々に張った強力な代物であり、純粋な火力で破るのは不可能。解読しようにも結界に触れた瞬間警報が鳴り響き、すぐに看守が飛んでくる仕組みになっている。

そんな結界の近く、看守の目が届かない収監棟の裏では、鈍い音が響いていた。

「くっ……！」

ライアンの口から漏れる苦痛の声。

衝撃を受けた腹部を押さえながら、ライアンは立ち上がる。

「話にならないなぁ、黒髪！　それでも元皇帝候補かぁ？」

アーサーは声を張り上げて、ライアンを煽《あお》る。新入りの洗礼。最初に痛め付けることで力関係をはっきりさせ、従順な下僕にしたいのだ。

「──《破顔する大地《エルデライド》》」

アーサーの左腕に刻まれた紋章が光り、空中に岩石の柱が生成される。

──《ルガラの創岩《そうがん》魔術》。

大地の神ルガラとの契約により行使できる、契約魔術だ。岩石を創造し、自由に扱うことができる。

詠唱文を図式化した紋章を身体に刻む、紋章術《クライス》によって詠唱省略を行い、固有名《ユニークネーム》で魔術名を宣言しているため断定はできないが、まず間違いないだろう。

「その剣は玩具《おもちゃ》じゃないだろ？」

アーサーが叫び、岩柱がライアンへと突っ込んでくる。

ライアンは咄嗟《とっさ》に剣を盾にし、迫り来る岩石を受ける。が、石塊《いしくれ》の勢いは凄《すさ》まじく、競《せ》り合いすら起きずにライアンは再び吹き飛ばされた。

「クソ……！」

ライアンは口内に滲《にじ》む鉄の味を噛《か》み締める。

ライアンも外では、体内魔力を消費しない魔術具によって魔術を使用できた。

が、囚人に実力を付けさせるという名目で、アインズバーグは贖罪値《しょくざい》を消費しなければ、魔術具と魔石の持ち込みを認めていない。つまり、魔力のないライアンが使える武器は剣だけであり、剣術は魔術に対して、間合いという面で圧倒的に不利だ。

対して、アーサーは贖罪値の消費により、制魔輪《レストカラ》の制限を緩和している。だからといって無尽蔵に魔力を使えるわけではないが、絶唱者に格の違いを見せつけるには十分だ。

兜《かぶと》のない自分はただの絶唱者なのだと改めて痛感し、今まで纏《まと》っていた虚勢が剝がれていく。

「クソおぉお！」

覆《くつがえ》しようがない実力差にライアンは自暴自棄になり、アーサーへ駆け出した。

が、次の瞬間、ライアンの鼓膜にカラカラカランと剣が地面に転がる音が響く。

視界には曇った空が広がり、顎に滲む鈍痛。

地面から飛び出した岩石が顎に当たったのだと、ライアンは倒れてから理解できた。

「魔力がないと、実力を弁《わきま》えることもできないようだな」

アーサーは倒れるライアンの髪を握り、持ち上げた。

「俺をコケにした奴《やつ》に命はない。だが、お前にはチャンスをやろう」

アーサーは一枚の紙切れをライアンに見せる。

そこには〝面会申請書〟の文字。

「この用紙の奴と面会しろ。そして魔石を受け取れ」

ライアンは理解する。自分は魔石の受け子にされるのだと。

未認可の魔石を持ち込むのは禁止されているため、魔石を密入できれば、囚人に高値で売ることができるのだろう。当然、看守に見つかれば、ただでは済まない。しかし――

「分かった……。受け取ろう」

ライアンは掠《かす》れた声で呟《つぶや》く。

求めていた返事を聞き、アーサーが口角を上げた。

「分かればいい。おい、この黒髪を——」

「ぷっ！」

アーサーがそこまで言ったところで、ライアンは口内の血を彼の顔面に吐きかけた。

「っ！」

予期せぬ奇襲にアーサーはよろめき、尻もちをつく。その隙にライアンは立ち上がった。

「クソッたれがァ！　まだ殴られ足りないようだな！」

叫び、左腕に岩石のガントレットを形成するアーサー。

「俺は皇帝になる男だぞ、茶髪！　誰の下にも付かないっ！」

ライアンは空威張りをし、よろめきながら落ちていた剣を拾う。

一矢《いっし》報いたところで、ライアンが有利になったわけではない。むしろ、アーサーの逆鱗《げきりん》に触れたことで、殺される可能性もある。しかし、このままアーサーの下に付くならば、絶唱者として蔑まれ続けるくらいならば、殺された方がマシだった。

「粋がるなよ、落ちぶれたザコがぁ！」

「——そこまでにしておきなさい、アーサー・エルデロ」

アーサーが魔術を行使しようとした瞬間、凛《りん》とした声が響いた。

声の主である少女は、銀色の髪を靡《なび》かせながらライアンとアーサーの間に割って入る。

頭部から生えた魔石を見れば、誰かなんて言うまでもない。

「何のつもりだ、ルナーラ・クレシェンド！」

「私の同室者をこれ以上虐《いじ》めないでくれるかしら。――従わないなら、私も黙ってはいない」

ルナーラは畏怖すら覚える鋭い目付きでアーサーを睨み、指先に銀色の魔力を灯《とも》す。

しかし、アーサーはそんなルナーラを鼻で笑う。

「その程度の脅しで俺が怯えるとでも思っているのか？　ちょうどいい機会だ、這魔石《ウォーカー》。

誰が第三棟のボスか決めようじゃないか！」

「相変わらず血の気が多いわね。生憎《あいにく》だけど、私は貴方如《あなたごと》きと争う気はない」

ルナーラは嘲笑し、指先を背後にある、橙色の結界へ向けた。

「もしこれ以上倅《せがれ》に構うなら、私は結界に触れる。そうなればここにいる全員、脱獄者になるわ。それは貴方も困るでしょう？」

「はったりだな。その絶唱者を救ってお前に何の得がある？」

「なら、試してみる？」

ルナーラは薄く笑い、指に魔力を溜《た》めていく。

ルナーラとアーサーの視線が交差する。互いに一言も発さない無言の読み合い。

あと少しで指先から魔力が放たれようという瞬間、アーサーの舌打ちが静寂を破った。

「いいだろう、這魔石《ウォーカー》。今回は退《ひ》いてやる。だが、次に会った時は覚えていろ。お前もだ、絶唱者。二人まとめて血祭りにあげてやる。――行くぞ、お前ら」

アーサーは取り巻きを引き連れ、去っていく。

「……誰も助けてくれ、なんて頼んでないだろ。あんな連中、一人でも対応できた」

アーサー達の姿が見えなくなると、ライアンは見栄《みえ》を張る。惨《みじ》めなことだと分かっていたが、そうでもしないと心を保てなかった。

「そうね。貴方はアルバートの血を引いているのだもの。きっと、一人でもなんとかできたでしょうね」

ルナーラは、優しい笑みをライアンに向ける。

ライアンにとってアルバートの息子として扱われることは何よりも嬉《うれ》しいことだ。しかし、アーサーに惨敗《ざんぱい》を喫した今は、ルナーラの言葉も皮肉にしか聞こえない。

「くそ……！」

ライアンは歯を噛《か》み締めて、走り出す。ここでのライアンはアルバートの息子でなければ、皇帝候補でもない。ただの絶唱者なのだ。

＊

「痛《いて》え……」

どれだけ痛めつけられ、プライドを折られようと腹は減る。

満身創痍《まんしんそうい》のライアンは夕食を食べるために、食堂へ来ていた。

アインズバーグの食堂は収監棟の内部にある。その棟で暮らす囚人が一堂に会すため、まるで大盛況の酒場のような騒がしさだった。

いくつも並べられた木製のテーブルと椅子に囚人達が隙間なく座り、マナーや作法もなく思い思いに食事をしている。床には食べかすが大量に落ちており、床で食事を摂《と》っている者までいた。

一歩進む度に、囚人達がライアンの頭髪を見つめる。罵声を飛ばして来る者、舌を出してえずいてみせる者、ヒソヒソと嘲笑《あざわら》う者。反応はそれぞれだが、皆総じてライアンに負の感情を向けていた。――今すぐ逃げ出したくて、動悸《どうき》が速まる。

ふと空席を見つけて、ライアンは立ち止まった。それどころか、六人用のテーブルに一人が座っているだけで、他は全て空いている。

「奇遇ね、アルバートの倅」

だが、その一人の顔を見て、ライアンは顔を引き攣《つ》らせた。

宝石のような赤い瞳に、魔石の角。からかうような不敵な笑み。一度見れば忘れようもない、先程ライアンを助けた、ルナーラ・クレシェンドである。

「どこへ行く気かしら？　もうここしか空いていないけれど」

無視して通り過ぎようとしたが、ルナーラに呼び止められる。

ルナーラの言う通り、他に席は空いていないようで、ライアンは仕方なく彼女の対角線に座した。

「それにしても酷《ひど》くやられたわね。動かないで、私が《治癒魔術》で――」

「俺に触るんじゃねぇ」

差し出されたルナーラの手をライアンは振り払う。

「素直じゃないわね……。なら、貴方を歓迎して私が夕食をご馳走《ちそう》してあげるわ」

そう言うと、ルナーラはライアンの返事を聞かずに席を立ち、食事をもらう列に並ぶ。

「……何なんだよアイツ」

一人になったライアンは悪態をついた。

魔族のくせに、恐ろしいほどライアンを気遣ってくる。絶唱者であることを気にする素振りは少しも見せないし、はっきり言って異常だ。きっと、ライアンを利用する気なのだろう。でないと、理由が思いつかない。

「あれ？　ライアン？」

突然名前を呼ばれ、ライアンは顔を上げる。

そこにいたのは、閃亜鉛鉱《せんあえんこう》を塗りこんだような濃い橙色《だいだい》の髪と、大きな青色の瞳が特徴的な少女だった。柔らかそうな髪質とよく膨らんだ胸部のせいか、監獄には似合わないおっとりとした雰囲気が醸《かも》し出されている。

見覚えのある外見に、ライアンは目を見開いた。

「もしかして……、ロルか？」

「そう！　ロル・タンセル！　久しぶりだね、ライアン！」

ロルはパァッと顔を明るくし、ライアンの向かいに食事の載ったトレイと、腰を下ろす。

「まさかこんな所で会えるなんてね！」

「あ、あぁ、俺も驚いた」

まさか監獄で昔の知り合いと会えるとは思わず、ライアンも表情が緩んだ。

ライアンは母を亡《な》くした後、孤児院で暮らしていた時期がある。ロルはそこで知り合った少女だ。いつも笑顔で、絶唱者であるライアンにも明るく接してくれた。

「せっかくだし、食べながら話そうよ。席は取っておくから、並んできたら？」

「……いや、今同じ部屋の奴が並んでるんだ」

ライアンは、列に並ぶルナーラを顎で指した。

「え、もしかして、ルナーラさん？」

「そうだな。アイツのこと知ってるのか？」

「うん、まぁ……。第三棟で唯一の魔族だしね」

ロルは言いづらそうに、顔を俯《うつむ》かせる。一瞬前まで太陽のように明るかった少女の顔が翳《かげ》った。

「ライアン……、悪いことは言わないから、できるだけすぐに贖罪値《しょくざい》を貯めて、別の牢《ろう》に移った方がいいよ」

孤児院でのロルは、人類魔族問わず平等に接する少女だった。そんな彼女が誰かを悪くいうのは珍しい。

「……アイツは何をして捕まったんだ？」

「聞いたことない？　闇月王《ムーント》が和平交渉の場で裏切った事件」

ライアンは眉を上げた。その事件に聞き覚えがあったからだ。

今から三十年前にあたる、魔術暦九六九年。

当時、魔族領に七つある大国の一つ、闇月国《セレネール》には聡明《そうめい》な女王、三代目闇月王《ムーント》がいたという。
・
他の大国の王と比べて魔石は小さかったが、その優秀な頭脳でいくつもの魔術を創り、魔族はもちろん、一部の人類からも一目を置かれていたそうだ。

そんな闇月王《ムーント》は人類と友好関係を結ぼうと会談の場を設けた。が、闇月王《ムーント》は裏切り、会談に現れた人類を皆殺しにしようとしたのだ。

警護として参加していたアルバートの活躍で闇月王《ムーント》は捕らえられたが、事件を起こした三代目闇月王《ムーント》は〝冷徹な裏切りの姫〟と揶揄《やゆ》され、魔族の醜悪さを象徴する出来事として、今でも人類の記憶に残っている。

「つまり、ルナーラ・クレシェンドがその闇月王《ムーント》なのか……？」

ライアンの問いかけに、ロルは重々しく首を縦に振った。

「そう……。王様を魔族棟に入れると反乱を起こされるかもしれないって、第三棟《ここ》に収監されてるんだ」

「……なるほどな」

ライアンは合点《がてん》がいったように頷《うなず》く。

どれだけ友好的な態度を取ろうと、結局は魔族ということだ。きっと、ライアンを信用させたところで裏切るつもりだったのだろう。

「忠告感謝するよ、ロル。やっぱり、魔族は信用ならないな」

「え……、いや、違うよ！　部屋を替えるべきなのは別の理由で――」

ロルが慌てて弁解しようとした時だ。

まるで雷が落ちたような凄《すさ》まじい音が、食堂に響いた。

食堂に訪れる沈黙。囚人達の視線が一点に集まる。

視線の先にいたのは、闇月王《ムーント》にして魔族の少女、ルナーラだった。床に倒れ、持っていた二人前の食事が散らかっている。

「おっと、いたのか這魔石《ウォーカー》」

沈黙を破ったのは、ルナーラの隣にいたアーサー・エルデロ。右足を上げており、彼が蹴ったとみて間違いないだろう。

「ルナーラさんと一緒にいると、第三棟《ここ》を仕切ってるアーサーくんに目を付けられちゃうんだ」

ロルが小さな声でライアンに囁《ささや》く。

アーサーのネックレスには不格好な魔石が連なっている。きっと、魔族のものを無理やり折ったのだろう。収監棟裏での態度といい、アーサーはかなりの魔族差別主義者らしい。

「さっきぶりね、アーサー・エルデロ。まだ何か用かしら」

蹴られたにもかかわらず、ルナーラは毅然《きぜん》としてアーサーを見上げる。彼女の囚人服だけ他の者よりみすぼらしいのも、きっと、アーサー達から嫌がらせを受けているからだろう。

「とぼけるな。収監棟裏でのこと、忘れたとは言わせない」

アーサーは床に這《は》うルナーラへ顔を寄せる。

「ルナーラ・クレシェンド。俺と正式な場で決闘をしろ。逃げ場のない場所で降《くだ》して、お前をこの第三棟から出ていかせる」

「何度言われようと、貴方《あなた》と争うつもりはないわ」

ルナーラは散らばった食事をトレイに戻しながら答えた。

アーサーからすれば、第三棟は自分の王国である。そこに魔族がいるのは許せないのだろう。

他の囚人達は誰も仲裁に入ろうとしない。きっと、魔族であるルナーラを差別するのは当然のことで、この光景は日常風景なのだ。

「ライアン、あんまり見ない方がいいよ」

ロルにローブの袖を引かれ、ライアンは顔を下に向ける。だが、視線はルナーラとアーサーを追っていた。

「お前、外では七大王だったんだろう？　魔族の王としての誇りはないのか」

「そうね。少なくとも、貴方のような下衆《げす》に示す誇りは持ち合わせていないわ」

その言葉が余程癇《かん》に障《さわ》ったのか、アーサーはルナーラのトレイを蹴りあげた。

再び飛び散る食事。

食堂の至る所から笑いが漏れる。

ライアンはその光景を、歯噛《はが》みしながら見つめていた。

囚人達がルナーラに向ける目が気に入らない、笑みに虫唾《むしず》が走る。

彼らの目と笑みは、蔑まれて当然の者に向けられるそれだ。絶唱者であるライアンは同じものを、生まれた村や孤児院、そして審議会で、何度も向けられてきた。

魔族は差別されて当然の連中だ。ルナーラも例外ではない。連中は人類の敵で、母を殺《あや》めた。

きっと、ルナーラもライアンを貶《おとし》めるために悪巧みをしている。どれだけ友好的な面《つら》をしていようと、腹の底ではライアンの髪を笑っている。

しかし、収監棟の裏で助けてくれた時の光景が、どうしても頭から離れなかった。

「ライアン……、大丈夫？」

ロルが、ライアンの震える拳に手を添える。──ライアンはそれを振りほどいて、席を立った。

「拾え、這魔石《ウォーカー》。お前には落ちた飯がお似合いだ」

アーサーの憫笑《びんしょう》。他の囚人からも笑いが漏れる。──その瞬間、鞘《さや》の内部と刃《やいば》の擦れる音が食堂に響いた。

場が凍る。

その一刀で音という概念を斬り殺したかのように、笑い声から食器の擦れる響きまで周囲から何も聞こえなくなった。

「──黙れよ」

無音の空間で、ライアンの冷たい声が響く。

射貫《いぬ》くように鋭い眼光と、怒気で剝《む》き出しになった歯茎、そして、威嚇する猫のように荒い呼吸。右手には柄《つか》が握られ、振りかざされた劔《つるぎ》はアーサーの首に肉薄していた。

「……何のつもりだ」

首元に刃があるにもかかわらずアーサーは冷静な声で返す。

「まさか、この魔族を庇《かば》うのか？　黒髪。いつまで皇帝気取りでいる気だ」

「そんなんじゃねぇよ……！　俺はお前達の目が気に入らないだけだッ！」

「ふんっ。——だとしたら、どうする？」

アーサーは鼻を鳴らす余裕すら見せ、その左手にゆっくりと拳をつくる。——いつでも魔術を起動できるよう、紋章に魔力を集中させているのだ。

次の瞬間には殺し合いが始まるかもしれない、一触即発の空気。その場を壊したのは、冷静な女性の声だった。

「そこまでにしなさい、三七二番、一八九番」

ライアンとアーサーの番号が呼ばれ、二人の首輪に電流が走った。

突然の衝撃に剣を落とし、膝から崩れ落ちるライアン。アーサーも首輪を握りしめて、床に倒れていた。

「監獄規則第二五条を言ってみなさい、一八九番」

主任看守であるヴィオレが、ロッドを持ってライアンとアーサーの前に立つ。

「『囚人は……校舎、食堂内で……！　決闘を含む戦闘行為を行っては……ならない！』」

「そうです。お前達はそれを破ろうとしました。認めますね？」

「いえ！　俺は——」

「口答えは聞いていません」

アーサーの弁解を遮り、ヴィオレは魔術具であるロッドの先端を地面に突いた。

首輪の電撃が止まる。が、次の瞬間首輪が飛び立つように急上昇し、ライアンとアーサーの身体《からだ》を宙に持ち上げた。

「規則を破ろうとしたお前達には罰を与えます。――他の者達は食事を続けなさい」

ヴィオレはそう言い残し、宙に浮いた二人を引き連れて食堂から出ていった。

＊

収監棟の隣にある看守棟の前。

半分の月が輝く中、二人の囚人は地面に這いつくばっていた。

「何故《なぜ》、校舎と食堂内で私闘を禁じているか分かりますか？」

「「三……！」」

ヴィオレは問いかける。が、ライアンとアーサーは震える声で数字を数えるだけだった。

懲罰として二人に命じられたのは、たった五回の腕立て伏せ。だが、《グラディエッタの重力魔術》により、通常の十倍の負荷がかけられ、一度身体を上げるだけでも、腕がちぎれそうになる。

「校舎は学びの場であり、食堂は食事の場だからです。お前達が暴れれば、他の囚人の邪魔になります」

「四……！」

ライアンが身体を上げる。

直後、ヴィオレのロッドに腕を払われ、ライアンは地面に顎を叩《たた》きつけた。

「三七二番が倒れました。もう一度、一から数えなさい」

「っ！　……分かりました！」

口答えしたところで、罰が減るわけではない。

この場では主任看守であるヴィオレが何よりも偉いのだ。

ライアンは震える腕に鞭《むち》を打って、アーサーと共に一から腕立て伏せを再開する。

「……一っ！」

「ですが、アインズバーグでは争いを禁じてはいません。小競《こぜ》り合いならグラウンドで、正式な決闘ならば闘技場を使いなさい」

「二ぃ……」

「三七二番、収監初日で問題を起こすとはいい度胸ですね。以降、目立った行動は慎みなさい」

「さん！」

「一八九番、私はお前がどう第三棟を統治しようが知ったことではありません。ですが、やるならもっと上手《うま》くやりなさい。目に余るようなら、お前の牢屋《ろうや》を懲罰房化させます」

「よん……」

牢屋の強制懲罰房化は囚人達が最も嫌う罰の一つだ。

通常、贖罪値《しょくざい》を使うことで牢屋の質は向上される。だが、懲罰房化はその逆。わざわざ贖罪値を消費し、牢屋の環境を最底辺まで落とす行為だ。懲罰房はただ硬い床があるだけの空間で、房内では一切の魔術が使用できなくなる。普通なら誰も使わない、罰のためだけにある制度だ。

「ご……」

ライアンとアーサーが、腕を伸ばしきり同時に力尽きる。

「懲罰は以上です。収監棟に帰りなさい」

ヴィオレはそれを見届けると、《重力魔術《グラディエッタ》》を解除し、看守棟の中に入っていった。

「自分の牢屋に戻れ」

懲罰後、収監棟に戻されたライアンは重い足取りで二一七番牢へ向かう。既に夕食の時間は終わり、囚人達は自分の牢屋に入っていた。

「いつまで皇帝気取りだよ、絶唱者！」

「ご愁傷さまだな、黒髪！」

牢《ろう》から囚人の声が響く。

ライアンは収監棟裏での騒動と食堂での一件で、アーサーの恨みを二つも買っている。このまま何事もなく終わるはずがない。他の囚人からすれば、ライアンが殺されるのは目に見えているのだろう。

ライアンが二一七番牢に入ると、ベッドに座るルナーラが、大きな瞳を向けてくる。目尻が下がり、まるで泣く寸前のようだ。

「……貴方、何故私を助けたの」

ライアンは腰の剣を外し、ベッドに腰を下ろす。

「貴方は私を……、魔族を嫌っているのでしょう？」

「あぁ、嫌いだ。……だから、助けたのは気まぐれだ。しいて言うなら、お前を見る囚人の態度が気に入らなかっただけだ」

助けられた恩を思い出してしまった、とは言えず、ライアンは適当に誤魔化す。

「そう……。……ありがとう」

ルナーラは目を逸《そ》らし、萎《しぼ》むような小声で呟《つぶや》く。その態度に王としての威厳は微塵《みじん》もなく、まるでいたいけな少女のようだった。

「さて……」

ルナーラは仕切り直すように咳払《せきばら》いをすると、まるで先程の弱々しさが嘘《うそ》のように、凛《りん》とした表情でライアンのベッドに腰を下ろす。

満身創痍《まんしんそうい》のライアンは、ルナーラの接近を拒む体力も残っていなかった。

「貴方《あなた》、今日だけで二回もエルデロに歯向かったようね。殺されるわよ？」

「だろうな、覚悟はしてる」

きっと明日にでも、ライアンはアーサーに襲われる。今度は脅しでなく、明確な殺意を持ってだ。

「勝機はあるのかしら」

「あるわけないだろ。——でも、勝たなきゃ生き残れない」

実力差からして、ライアンが生き残る可能性は限りなく零《ゼロ》だ。しかし、ライアンは自らを鼓舞するように、拳を握り締めた。

「俺は皇帝になる器《こんなところ》だ。アインズバーグから一秒でも早く出所する。それを遮る奴《やつ》がいるなら、どんな手を使ってでも跪《ひざまず》かせてやるっ！」

ライアンは血が滲《にじ》みそうなほど、拳を固くする。

命の懸かった修羅場は、これが初めてではない。どんな手を使ってでも生き残る覚悟はできていた。

そんなライアンを見て、ルナーラは何故か嬉《うれ》しそうに頬を緩める。

「良い心掛けね、倅《せがれ》。――なら、私が貴方を勝たせてあげるわ」

「はぁ？」

予想していなかった提案に、ライアンは眉間に皺《しわ》を寄せた。

「何でお前が協力してくれるんだよ」

「助けられた恩は返すのが私よ。……あえて言い替えるならば、〝気まぐれ〟ね」

ルナーラは揶揄《からか》うように、ライアンの台詞《せりふ》を真似《まね》する。

ライアンは唇を結び、疑念の視線をルナーラに向けた。

ルナーラは魔族であり、過去に人類を裏切った大罪人だ。今は協力的な態度を見せているが、土壇場《どたんば》で裏切る可能性はある。

だが――

「……勝つ算段はあるのか？」

ライアンはルナーラに問う。

ルナーラは一度、ライアンを助けてくれている。信じる価値はあるだろう。

「倅、貴方は私が誰か理解していないようね」

ルナーラは得意げに鼻を鳴らし、誇るかの如《ごと》く胸に手を当てる。

「私は、三日月の賢王と謳《うた》われたルナーラ・クレシェンドよ？　私にできないことなど存在しないわ」

「……それと、三代目闇月王《ムーンント》なんだろ？」

「貴方、私を知っていたの。……確かに、そんな風に呼ばれていたときもあるかしらね」

ルナーラは視線と声を落とし、自嘲する。何故肯定しないのかライアンには分からなかったが、今はそれどころではない。

「……とりあえず、計画を教えろ。乗るかどうかは聞いた後だ」

「そう来なくてはね。まずは——」

と、ルナーラが話し出そうとした時、ライアンの腹の虫が存在を主張するように大きく鳴いた。

「うっ……」

空腹なのがばれ、赤面するライアン。

「そう言えば、夕食をご馳走《ちそう》すると約束したわね……」

そう言うと、ルナーラは服の中を弄《まさぐ》り、小さなパンを取り出す。

「ごめんなさい、これしか持ち出せなかったわ。食べるかしら？」

ルナーラは小首を傾《かし》げ、パンをライアンに差し出す。

床に転がり、魔族が持っていた食べ物だ。

外にいたライアンならば、金を貰《もら》っても口には入れない。しかし、空腹はそんなつまらない見栄《みえ》を捨てさせた。

「あぁ、貰うよ」

ライアンは半ば奪い取るようにパンを手にし、勢いよくかぶりつく。

ほんのりと熱を持ち、まるで粘土を噛《か》んでいるようで味気ない。お世辞にも美味《おい》しいとは言えない最底辺のパンだ。しかし、ライアンはこの食事を生涯忘れることはないだろう。

「なに？　貴方、泣いているの？」

「泣くはずないだろ？　俺は皇帝候補なんだぞ……！」

ライアンが密《ひそ》かに洟《はな》を啜《すす》っていると、それを掻《か》き消すように、グゥウウと大きな音が響いた。

「あっ……！」

隣を見れば、ルナーラがお腹《なか》を押さえ、恥ずかしそうに視線を逸らしている。ルナーラもまともに夕食を食べていないのだろう。

「ほら、食えよ」

ライアンは二つに割ったパンの片割れを、ぶっきらぼうにルナーラの太ももへ置く。

まさか分けてもらえると思っていなかったのか、ルナーラはライアンの顔をジッと見つめた。

「……良いの？」

「一人で食べてる方が気まずいからな」

「……そう。ありがとう」

ルナーラはポッと頬を染め、小さな口でパンの欠片《かけら》に齧《かじ》り付いた。

「こんなに美味しい食事は久しぶりね……」

味わうようにゆっくりと咀嚼《そしゃく》し、ルナーラは感嘆を漏らす。

しんみりとした少女の顔を見ていると、ライアンは不思議と懲罰で堪《こた》えた身体《からだ》が癒《いや》されていくのを感じた。――ふと、それ故に、一つの奇策が脳裏に浮かぶ。

「お前、贖罪値はどれだけ持ってる」

「三十年間ほとんど使う機会はなかったから、数万ほど持っているけれど……。それがどうしたの？」

突然の問いかけに、ルナーラは目を丸くして答える。

ライアンが持つ贖罪値は収監時に支給された百のみ。だが、ルナーラの贖罪値もあれば、きっと実行できるはずだ。

上手くいく保証はない、ただの思い付き。しかし、試す価値はある。

「なぁ、俺に贖罪値を分けてくれないか？」

＊

アーサー・エルデロは、自分をコケにした人間を許さない。

それは、監獄の外でギャングの頭を張っていた時でも、監獄の中でも同じだ。

食堂での騒動があった翌日、アーサーはグラウンドの隅で仲間二人と時間が来るのを待っていた。視線の先には、ライアンとルナーラの姿。警戒しているのか、神妙な面持ちでベンチに並んで腰掛けている。

「黒髪が……！　這魔石《ウォーカー》とつるみやがって」

アーサーは、ライアンに唾を吐きかけられ、食堂では剣を抜かれた。このままでは他の囚人達に示しがつかない上に、アーサーの怒りも収まらない。

闘技場で無様な敗北を晒《さら》しあげるのもいいが、トドメをさす前に看守が止めてくる。確実に始末するには、看守の目がない場所が必要だ。

その時、正午を告げる鐘が監獄内に響いた。

しばらくして、校舎の方から騒がしい声が聞こえ、看守達がそちらの様子を見に行く。

「……時間だ、行くぞ」

アーサーは二人の手下を引き連れ、ライアンの方へ歩み寄る。

看守の目がなくなるよう、予《あらかじ》め他の仲間に校舎で騒ぎを起こすよう指示を出した。後はアーサーの気が済むまでライアンを痛め付けるだけだ。

「今のうちに祈っておけ、絶唱者……！」

明確な殺意を呟き、アーサーは左手を握り締めた。

「……来たか」

ライアンは冷静な声で呟き、ベンチから腰を上げる。

「行くぞ、ルナーラ。予定通り収監棟だ」

「そうね」

ルナーラとライアンは早歩きで、グラウンドから収監棟へ向かう。

「仲間は二人……か」

「想定より少ないわね。あの程度ならば私一人で何とかなる。貴方はエルデロにだけ集中しなさい」

「分かってる……」

ライアンは短く答える。目付きは鋭く、頬には汗が伝っていた。

「緊張しているの？」

「緊張なんてするかよ。俺は皇帝になる男だぞ」

ライアンは自らに暗示をかけるように呟《つぶや》く。顔には笑みが張り付いていたが、一筋の汗が頬を垂れていた。

「安心しなさい、倅。私が用意していたものより、貴方が思いついた作戦の方が勝機はある。自信を持っていいわ」

ライアンは返事をせず、小さく頷《うなず》いた。極限まで集中しているようで、瞳は微動だにしていない。

ルナーラとライアンは収監棟の入口に差し掛かる。

背後にはアーサーと仲間が二人。ここまでは上手《うま》く誘《おび》き寄せている。

収監棟に入った瞬間ライアンが叫び、ルナーラと二手に分かれる。

「ちっ！　ちょこまかと！」

背後から聞こえるアーサーの舌打ち。

一拍遅れて、アーサーと取り巻きの二人も走り出した。

「《空間を満たす万物と奇跡の素よ》――」

ルナーラはライアンと別の階段を登りながら、詠唱を開始する。

ルナーラの使命は、ライアンがアーサーと対等に戦える環境を作ることだ。そのためには、アーサーの仲間二人が邪魔だった。

「《因果律を灼《や》け》――《冥闇色帝《アスモデウス》》」

固有名《ユニークネーム》を宣言し、ルナーラが一階へ手を翳《かざ》す。

その瞬間魔術が成立し、アーサーと後方の二人を隔てる闇色の炎が廊下に引かれた。

「っ！　何だこの魔術！」

後ろの二人が急停止し、行く手を遮る炎に困惑の声を上げる。

制魔輪《レストカラ》の影響で魔術の威力は落ちているが、足止めには十分だろう。

「悪いけれど、先には行かせられないの。代わりに私が相手をしてあげるわ」

ルナーラは恍惚《こうこつ》とした笑みを浮かべ、二人の人類を俯瞰《ふかん》する。

「知っていると思うけど、私はルナーラ・クレシェンド。私の特異魔術を受けられること、末代までの誇りとしなさい」

分断には成功し、ライアンとアーサーが一騎打ちをする環境は整った。――後はライアンの実力次第だ。

「さぁ、貴方《あなた》の実力を示してみなさい、アルバートの倅《せがれ》」

「待てっ！　黒髪！」

背後からアーサーの叫びが投げられる。だが、ライアンは止まらない。目的地に向かって一心に走り続けた。

「《破顔する大地《エルデライド》》！」

アーサーが走りながら固有名《ユニークネーム》を宣言し、岩柱がライアンに放たれる。

ライアンは咄嗟《とっさ》に横へ跳んで回避すると、自身の牢《ろう》へと逃げ込んだ。

「行き止まりに逃げるとは、馬鹿な奴《やつ》だ」

アーサーが呼吸を整えながら牢の入口に立ち塞がる。

戦意に満ちた視線が交じり、牢内に充満する殺気。

「もう逃げ場はない。覚悟するんだな」

アーサーの左腕に刻まれた紋章が光り、顕現する岩石のガントレット。

唯一の出入口はアーサーに塞がれ、残り三方は壁。

「あぁ、お前の言う通り、もう逃げ場はない」

絶体絶命の状況。だが、ライアンは口角を上げ、笑みを浮かべた。

「──だが、それはお前も同じことだっ！」

ライアンは手に持っていた魔石を見せつけ、高らかに宣言する。

「《五千の贖罪値《しょくざい》を使用っ！　一一七番牢の懲罰房化をしろ！》」

その瞬間、淡い光を放つ、銀色の魔石。

贖罪値の消費が受理され、まるで地震が起きたかのように牢内が揺れる。

消滅する、机とベッド。灰色の煉瓦《れんが》で造られていた壁は、全てを拒絶するような黒色に塗り替わり、空気以外に何もない、懲罰房が形成される。

「お前……！　最初からこれを狙ってたのか？」

「あぁ、同室の魔族が贖罪値を恵んでくれてな！」

アーサーは歯を噛み締め、ライアンを睨《にら》む。だが、今更気付いたところでもう手遅れだ。

「俺には魔力がない。だが、懲罰房ならお前も魔術を使えない」

ライアンは鞘《さや》から剣を抜き、剣先をアーサーに向ける。

「さぁ、やろうぜ、アーサー・エルデロ。俺が何者か、教えてやるよ！」

ライアンはアーサーへ斬り込む。

互いに魔術の使えない、狭い室内。ライアンにとって、これ以上有利な場所はない。

「ちっ！」

アーサーは岩石のガントレットで防御の構えを取る。

懲罰房も既に成立していた魔術までは無効化できないようだ。だが、それでもライアンにとっては十分すぎるアドバンテージである。

衝突する刃《やいば》と石塊《いしくれ》。

魔力の有無を問わない純粋な力比べ。

小さな火花が散り、互いの視線が間近で交差する。

ライアンはアーサーの瞳の中で自らの顔を見た。目を見開き、歯茎を剥《む》き出しにした、闘志の滲んだ表情。きっとアーサーもライアンの瞳に同じものを見ているだろう。

ピシリッと、ガントレットに亀裂が入る。アーサーはバツが悪そうに顔を歪《ゆが》めると、咄嗟に左腕を振り、ライアンを後退させた。——だが、大振りな動きには隙が生まれる。

床を蹴り、再びアーサーに接近するライアン。

アーサーは殴り倒そうと、眼前に迫るライアンの顔面へ拳を繰り出す。

岩石のガントレットがライアンの顔面に迫る。――しかし、それよりも早く、アーサーの喉仏には銀色の刃が肉薄していた。

「――終わりだ」

ライアンは荒くなった呼吸と心拍を抑えながら、静かに囁《ささや》く。

ここから覆《くつがえ》ることはない、詰みの状態。ライアンが少しでもその刃を押せば、アーサーの首が飛ぶ。

しかし、アーサーは目を見開き、振り上げた拳を下ろそうとしなかった。まるで、時が止まったかのように、アーサーはライアンを睨《ね》めつけたまま静止している。

アーサーは叫びを抑えるように歯を軋《きし》ませ、この上ない屈辱に身体《からだ》を震わせると、天を仰ぐように顎を上げた。

「そのまま殺《や》れよ、賢者殺し」

ガントレットを消滅させ、アーサーは小さな諦めを零《こぼ》す。

「どうせ一人も二人も変わらないだろ」

アーサーは諦観したように目を閉じ、ライアンに身を委ねる。絶唱者に敗北したという

事実を背負って生きるより、死を受け入れるということだろう。

ライアンは柄《つか》を握る手に力を込める。アーサーから受けた屈辱は、痛みとして今もライアンの身体に刻まれている。しかし――

「……生憎《あいにく》だが、俺は誰も殺してないんでな」

ライアンは剣を鞘に収め、懲罰房化を解除する。

「行けよ。そして、二度と俺に構うな。それとあと……、ルナーラにもだ。――わかったな」

アーサーは返事をせず、ライアンをきつく睨んでから廊下へ出る。

直後、壁を殴る衝撃音が響き、ライアンとアーサーの戦いに決着がついた。

廊下から事の顛末《てんまつ》を見守っていたルナーラは、胸の高鳴りを抑えきれなかった。

血が沸き立ち、胸が詰まる。脳が弾《はじ》け、身体が火照《ほて》る。

両手を顔に当てると口角が上がっており、小指に硬い犬歯が当たった。

「そう……」

ルナーラの聡明《そうめい》な思考回路は、やっと単純な答えに辿《たど》り着く。

「私は、高揚しているのね……！」

ルナーラは懲罰房化に必要な贖罪値と、一騎打ちができる環境を提供しただけだ。アーサーに勝利できたのは間違いなくライアンの実力と、絶唱者故に懲罰房化のアイデアを思いついたからだろう。

ライアンの熱量、殺意、無駄のない身のこなしと剣術。そして何より、全てを刺し貫くような鋭い目付き。

ルナーラは離れた場所から静観していたにもかかわらず、それが自分に向けられていると錯覚すらしてしまった。そして、三十年前にもそれと酷似したものを別の男から向けられたと思い出す。

「やはり、貴方の倅のようね、アルバート……」

その時の男とは体格も、風貌も、髪色も違う。だが、ライアンからは確かに同じものを、いやそれ以上の何かを感じるのだ。

「彼となら、もしかしたら……」

ルナーラは過去に成し遂げられなかった夢を思い、期待と興奮で紅《くれない》の瞳を輝かせる。

——だが、その二つ以外にも微《かす》かに感情が芽生えていることを、ルナーラは気付けなかった。

「ふぅ……」

牢で一人になったライアンはベッドへ腰を下ろし、大きく息を吐いた。緊張が解け、脱力感が身体を襲う。

結果として上手《うま》くいったが、厳しい作戦だった。牢までの道中で仕留められたかもしれないし、そもそもアーサーが怪しんで追ってこない可能性もあった。それでも上手くいったのは、ルナーラの協力があったからだろう。

「見事だったわ、倅」

そこにパチパチと軽く拍手をしながら、ルナーラが現れる。

「予想以上の実力ね。私は一層貴方が気に入ったわ」

「当たり前だろ、俺は皇帝候補だからな」

アインズバーグに来てから、言い聞かせるかの如《ごと》く何度も口にしてきた言葉だったが、ライアンは久しぶりに虚勢ではなく、自信を持って言えた。

「そこで提案だけれど……」

ルナーラはライアンの向かいのベッドに座ると、鷹揚《おうよう》に足を組む。

「倅。貴方、私と協力関係にならない？」

「はぁ?」

　突然の提案に、ライアンは口を大きく開けた。何を言い出すかと思えば、あまりに突拍子もない提案だ。

「何でお前と協力関係にならなきゃいけないんだよ」

「貴方はこのアインズバーグから出所したいのでしょう?」

「あぁ、一刻も早くな」

「なら、これから貴方の前には多くの障害が立ち塞がる。それを全て一人でいなすのは厳しいんじゃないかしら?」

　ルナーラの主張はもっともだ。今回のアーサー戦で使用した贖罪値は、ルナーラがくれたものだ。ルナーラが協力してくれなければ実行もできなかった。

　どれだけ大層な肩書があろうと、どう足掻《あが》いても、絶唱者のライアンがアインズバーグで最弱なのは紛れもない事実で、本気で出所を目指すならば、一人でも多くの協力者が必要だ。

　唯一の懸念《けねん》点があるとすれば、提案者が魔族であることだが、皮肉にも、現在この監獄で最も信頼できて、実力が見込めるのは間違いなくルナーラだった。

「……いいだろう。その提案、呑んでやる。皇帝候補と組めるんだ、光栄に思えよ!」

「ええ。光栄に思うわ。なら、契約成立ね」

ライアンの返答にルナーラは微笑《ほほえ》み、上機嫌そうに声を弾ませる。

「では、早速だけれど貴方に一つ、魔術を授けてあげるわ」

「魔術？　おい、俺に魔力がないのは分かってるだろ」

「安心なさい。貴方《あなた》が魔力を得るための魔術よ。――そもそも、アルバートの倅《せがれ》である貴方が絶唱者というのもおかしな話だけれど……」

ルナーラがボソリと呟《つぶや》き、ライアンは小首を傾《かし》げる。

「詳しくは後で説明するわ。……とりあえず、ふ、服を脱いで」

「何で脱ぐんだよ？」

「後で説明すると言っているでしょう！　さぁ、さっさと脱ぎなさい。念のために言っておくけど上半身だけでいいわ」

ルナーラは急《せ》かすように手を叩《たた》く。

ライアンは訳が分からなかったが、言われた通りにローブとシャツを脱いだ。

露《あらわ》になったライアンの素肌を、ルナーラは恥ずかしそうに指の隙間から見ていた。

「なんで今更恥ずかしがってるんだよ。初対面で下も見てるだろ」

「あ、あの時は少しだけ我慢をしていたの……！」

赤面したルナーラを見るに、どうやら、初対面の毅然《きぜん》とした態度は相当無理をしていたらしい。

ルナーラは大きく深呼吸をし、落ち着きを取り戻す。

「倅、これはなにかしら？」

ライアンの下腹部にある痣《あざ》に、ルナーラは指を這《は》わせる。

ルナーラが指しているのは、ライアンの右下腹部に生まれつきある痣だ。まるで、画家が気分で筆を走らせたような線が何本も引かれている。

「生まれつきある痣だ。……あんまり触るなよ」

髪ほどではないが、ライアンが抱えるコンプレックスの一つだ。できることなら、あまり見せたくはない。

「いいえ、こんな痣があるはずない。これは遺伝紋章の一部ね」

「なんだと？」

遺伝紋章。

一部の魔術師は詠唱を省略するため、図式化した詠唱文を紋章として身体に刻む。その際、極稀《まれ》に同じ紋章が生まれた子どもの身体にも刻まれていることがあるのだ。

「じゃあ、これは親父《おやじ》が使ってた魔術の紋章なのか？」

「ええ、一部だけれどね。そして、私の予想が正しければ、これは貴方に力を与えるものよ」

ライアンの心臓が大きく跳ねた。

どんな魔術の紋章なのかまだ分からない。だが、大英雄である父が使っていたとすれば、期待せざるを得ない。

「私はアルバートと会った時に、その紋章について聞いている。今から貴方の身体でそれを再現するけど、覚悟はいいわね？」

「……あぁ、当然だろ」

この監獄から出るためならば、どんなことでもする。それがライアンの決意だ。

ライアンをベッドに寝かせると、ルナーラは人差し指を立て、その先に魔力の光を灯《とも》す。

「動かないで……。私の少ない魔力で刻むのだから、書き損じてもやり直す魔力は残ってないわよ」

ルナーラは相当無理をしているようで、額に脂汗を浮かべながら、ライアンの腹部に指を這わせた。

ルナーラの指が通った跡に、銀色の軌跡が刻まれていく。その軌跡はとても温かく、まるで産湯《うぶゆ》に浸《つ》かっているかのようで、気を抜くと眠りに落ちそうになる。

「……完成したわ」

ルナーラの声が鼓膜を揺らす。気付くと、ルナーラが大きく息を吐きながら脱力し、ライアンの腹部には紋章が刻まれていた。どうやら、途中で意識を失っていたらしい。

「これで完成なのか？」

ライアンは上半身を起こし、腹に目を落とす。

紋章は大きな円形を描いており、確かに完成はしているようだが、何かが変わった感覚はなかった。

「不明だった箇所は私の予想で補ったけれど、魔術としては成立しているはずよ」

「……何も感じないぞ」

「そう焦《あせ》らないで。今から試すところだから」

そう言うとルナーラは、ライアンの隣へ静かに腰を落とす。

何故《なぜ》か恥ずかしそうに赤面し、モジモジと身を捻《よじ》るルナーラ。その度に銀色の毛先が躍り、花のような香りがライアンの鼻孔をくすぐる。赤色の瞳は時折ライアンを見つめるが、視線が重なるとすぐに逸《そ》らされてしまう。

こんなルナーラを見るのは初めてで、向かい合っているライアンも恥ずかしくなってしまう。

「……閉じて」

小さく唇を開くルナーラ。

「何だって？」

「目を閉じなさい、と言ったの！　いいから閉じなさい！」

ルナーラが頬を染めながら怒鳴り、ライアンは言われた通りに目を閉じる。

一体何をされるのかと不安に思っていると、ライアンの唇に柔らかな感触と温《ぬく》もりが重なった。

驚愕《きょうがく》で瞼《まぶた》を開けると、目の前にはルナーラの顔。

口内と鼻に少女の甘い香りが広がり、息遣いが鼓膜を揺らす。

触覚が、視覚が、味覚が、嗅覚が、聴覚が、ライアンの感覚全てがルナーラを感じていた。困惑の声を出そうにも、口が塞がれては何も言えない。

「はぁ……」

ルナーラが顔を離し、吐息を漏らす。

二人の間にかかった唾液の橋は、照明に照らされて輝き、溶け落ちる。

むず痒《がゆ》そうに蠢《うごめ》く唇、燃えるように赤く染まった頬。

そこにいるのは、いつものように冷静な態度を取る女王ではなく、外見の幼さ相応に照

れている少女だった。

「なっ……なっ……なんで」

出口を得た困惑が口内で渋滞を起こしていた。

次の瞬間、ライアンとルナーラの間に銀色の光が瞬《また》き、顕現した二つの指輪がゆっくりと落ちてくる。

「なるほど……、やはり粘膜接触が一つの基準ということかしら」

ルナーラは高揚した頬を手で押さえながら呟いた。

落ちてきた指輪を、ライアンは手で受け止める。銀色のそれはセンターストーンが付いておらず、アーム部分には小さく文字が刻まれていた。

「一つは貴方が、もう一つは私が付けるのよ」

「……わ、分かった」

未《いま》だ動揺が収まらないライアンは、言われた通りに一つを自らの右中指に嵌《は》め、もう一つをルナーラに手渡そうとする。

しかし、ルナーラは指輪を受け取ろうとせず、指先をライアンに向けるばかりだった。

「……な、なんだよ」

「こ、これは契約の証《あかし》なのよ？　貴方が私に付けなさい」

ルナーラは赤みが残った顔で、目を瞑《つぶ》る。

これではまるで婚約指輪を嵌めるようだ。ライアンは仕方なくルナーラの細い手を取り、左中指に指輪を通していく。

「んっ……」

指が圧迫されるのを感じているのか、ルナーラが唇を結び嬌声《きょうせい》を堪《こら》える。

「っ……！」

指輪を嵌めたその時、ライアンは今まで感じたことのなかった温もりが体内を満たし、一瞬で意識が明確になった。

「何だ……この感覚……」

「感じているようね」

ルナーラは酔ったようにうっとりとした顔で、口角を上げた。

「これこそ、貴方が遺伝紋章として受け継いだ魔術。アルバートは《繋鎖輪舞《チェイン・ロンド》》と呼んでいたわ」

「《繋鎖輪舞《チェイン・ロンド》》だと……？」

ライアンは口に馴染《なじ》ませるように、魔術名を呟く。

「そう。《繋鎖輪舞《チェイン・ロンド》》は思念が一致した相手と魔力の経路を構築し、自らに魔力を流す魔術。貴方の父親はこの魔術を使って、我々魔族と渡り合ったわけね」

「じゃあ、今俺の身体《からだ》に流れてるのは、お前の魔力なのか？」

「そういうことよ。どうかしら、私の魔力は。なかなか良質だと自負しているけれど」

ルナーラは誇るように胸を張る。

魔力の善《よ》し悪《あ》しなんてライアンには分からなかったが、お湯が全身を駆け巡っているようで、元より速くなっていた鼓動が更に激しくなるのを感じる。

「けれど、今は口付けで無理やり魔力の経路を構築したに過ぎないわ。紋章からして、この魔術は対象に向けられる思念が大きくなる程、より多くの魔力を受け取ることができるはずよ」

「……つまり、具体的にはどうすればいい？」

「単純なことよ」

ルナーラはライアンの顎を指で上げる。

たったそれだけの動作で、ライアンは心臓を鷲摑《わしづか》みにされたようだった。だが、それと同時にルナーラもむず痒そうに唇を歪《ゆが》めていた。

「私をもっと貴方に惚《ほ》れさせて。そして、あ、貴方ももっと私に惚れなさい」

＊

アーサーが住む一六六番牢《ろう》は、贖罪《しょくざい》値の消費により、まるで貴族が暮らすような内装になっている。床に敷き詰められた絨毯《じゅうたん》に、豪華な椅子とベッド。広さも他の牢の五倍はあり、鉄格子《てつごうし》さえなければここが監獄だとは誰も思わないだろう。

しかし、アーサーがライアンに敗北した夜、一六六番牢はまるで世界の終わりのような騒ぎになっていた。

「おい、アーサー！　あの絶唱者に負けたって本当かよ！」

「どういうことだ、魔力がない相手に負けるはずないだろ？」

「おい、こっちは騒ぎを起こしたせいで懲罰を受けたんだ。どう責任取る気だ」

「あの絶唱者……、どんな汚い手を使いやがった！」

アーサーの部下全員が一室に集まり、糾弾と疑念の声が響き渡る。そんな中、当のアーサーは玉座に腰かけ、冷静な面持ちで思考を巡らせていた。

考えることはただ一つ、何故敗れたかだ。

ライアンがとった戦法はお世辞にも公平なものとはいえない。だが、そんな騎士のような主張をする人間はアインズバーグにいない。

方法や過程など二の次。重要なのは結果のみ。第三棟の頭《アーサー》が絶唱者《ライアン》に負けた。その事実はどう誤魔化しても消えることはない。――しかし、方法と過程を顧みなければ成長もない。

「……傲《おご》り、か」

喧騒《けんそう》の中、アーサーはポツリと声を漏らす。

もしライアンの牢屋に入らなければ、あるいはそれまでに仕留められていれば、結果は変わった。ライアンが強かったことより、アーサーの油断が敗因と言える。

その時、アーサーは瞳に不思議な刺激を感じた。

何事かと顔を上げるが、その瞬間、バンッと衝撃音が響き、意識がそちらに持っていかれる。

水を打ったように静まり返る室内。その場にいた全員が音のした方を見ると、ヴィオレ主任看守がロッドで鉄格子を叩《たた》いていた。いつも通りの制服だが、何故か帽子を被《かぶ》っておらず、藍色の頭髪を晒《さら》している。

「これはこれは、ヴィオレ主任看守」

突然の来客に、アーサーは腰を上げて仰々しい態度をとる。

「何の用でしょうか。まだ就寝時間じゃないんだ、注意される筋合いはありませんが？」

アーサーは強気な態度でヴィオレに当たる。

ただでさえ絶唱者に敗れて苛立《いらだ》っているのだ。看守からも何か言われては堪《たま》らない。

「そう警戒しないでください」

ヴィオレはロッドを突きながら、アーサーの前に立つ。

「今日はお前に提案があって来ました、アーサー・エルデロ」

いつも落ち着いた雰囲気を纏《まと》っているヴィオレが、珍しく唇を大きく歪めていた。

第三章　反撃開始

「本当に黒髪なんだね」

腹の出た男性が眉をひそめ、不快感を露《あらわ》にする。

帝都にある豪奢《ごうしゃ》な屋敷《やしき》の一室。そこに呼び出されたライアンは、屋敷の主人であるザケル・パスカルと対面していた。

「アンタか、俺に用がある十一賢者っていうのは」

「あぁ、そうだよ。君の噂《うわさ》が耳に届いてね。一度会ってみたくなった」

ザケルは口髭《くちひげ》をいじりながら、ライアンを頭から足先まで舐《な》めるように眺める。

「ライアン・レランダード。〝白魔《はくま》事変〟で母を亡《な》くし、孤児院で暮らす。一人立ちしてからは得意の剣術で賞金稼ぎをしている。そして、父親はあのアルバート・グランデ。それが君だね？」

「だったらどうした？　見世物《みせもの》小屋にでも売り飛ばすか？」

ライアンは苛立ちながら、剣の柄《つか》に手をかける。

　わざわざ帝都に呼び出され、多くの大衆の目に髪を晒す羽目になった。これでくだらない用件ならば怒りが収まらない。

「おっと、落ち着いてくれ。私は、君にとっていい提案をしたいんだ。――単刀直入に言おう。ライアン・レランダードくん、君、この国の皇帝を目指さないか？」

「……なんだと？」

　あまりに突拍子もない提案にライアンは眉をひそめる。

「アンタ、俺を馬鹿にしたくて呼んだのか？」

　エタリオンの皇帝とは、言わずもがな国の頂点だ。魔力のない絶唱者が皇帝なんて、冗談でも笑えない。

「いいや、私は本気だよ。――二年後、現皇帝の任期が終わるのは君も知っているだろう？」

　学のないライアンでも皇帝の任期くらいは分かる。もう半年もすれば、次期皇帝候補者が選ばれるだろう。目の前の男はその候補者にライアンが選ばれると思っているようだ。

「だからって俺が次期皇帝候補に選ばれると思っているのか？」

「当然だろう？　君のお父さんは第五次人魔大戦で臨時の皇帝を務めていたんだ。息子である君も皇帝に相応《ふさわ》しい器だよ」

ライアンは微《かす》かに目を見開いた。一時的とは言え、父が皇帝の座についていたのは知っている。そんな父親に少しでも近づけるかと思うと、魅力的な言葉だ。

「どうだろう、私の援助のもと、皇帝候補に選ばれるべく活動してみないかい？」

ザケルが指を鳴らすと、使用人達が車輪付きの机を運んでくる。その上には剣や鎧《よろい》、魔術具といった装具品が山のように積まれており、そのどれもが、ライアンの収入では買えないような高級品ばかりだ。

「もし私の提案を受けてくれるなら、衣食住から装具品まで惜しみなく援助しよう」

「アンタ、何が目的なんだ……」

ライアンは乗りかけていた気持ちを抑え、鋭い目つきでザケルを睨《にら》む。

仮にライアンが皇帝になる器だとして、無償で援助してくれるなんて、ライアンにとってあまりに都合が良すぎる提案だ。何か裏があるはずである。

「私はこの国のことを思って、君のように才能がある人間が皇帝になるべきだと思っているだけだよ。……ただ、そうだね。もし私の読み通り、君が次期皇帝候補に選ばれて、幸運にも皇帝の座についたなら、ほんの少しだけ私に〝お礼〟をしてくれればいい」

ザケルは口元を歪め、何かをねだるように指をさする。

つまりは、もしライアンが皇帝になった時、ザケルに便宜を図れということだろう。他の実力者ではなく、まだ注目されていない絶唱者のライアンに声をかけた辺り、帝位についた時の恩恵を独占したいらしい。

十一賢者にまで上り詰めておきながら、これ以上何を求めるのかは知らないが、動機ははっきりした。

「いいだろう。その提案、有難《ありがた》く受けさせてもらう」

「いい返事が聞けてよかったよ。なら、これからしばらくは帝都で私が回す仕事をこなしてくれ。皇帝候補になるには実績が必要だからね」

これまで、皇帝になりたいなんて夢にも思ったことはなかったが、父親であるアルバートも皇帝だったという事実が、ライアンの興味を引いたのだ。

きな臭さはあったが、こんな提案をしてくる以上、ザケルは少なからずライアンの才能を認めているということだ、悪い気はしない。

ライアンが机の装具品を漁《あさ》っていると、一つの兜《かぶと》が目についた。

「あぁ、机のものは好きに使ってくれていいが、その兜だけは必ず被ってくれよ」

ザケルが食い気味に指摘する。

「君は生い立ちも血統も才能も完璧だ。だが、その髪はいけない。どれだけ功績を残そうと、絶唱者だと分かれば、誰も君を支持しないからね」

ザケルは嫌悪《けんお》感を示すように顎でライアンの髪を指す。

ライアンは微かに胸がざわつくのを感じたが、ザケルの発言は的を射ていた。皇帝候補に選ばれる基準は明示されていないが、抜きんでた才能と国民からの支持が必要なのは間違いない。

絶唱者の証《あかし》である黒髪を見れば、誰もライアンをまともに扱わない。嫌悪《けんお》し、蔑み、刺すような視線を向けてくる。ライアンがこれまでの人生で経験した事実だ。本気で皇帝を目指すならば、いっそ誰にも見せないように隠してしまうべきだろう。

ライアンは手に持った兜を頭に被る。銀色のそれは頭髪を隠すようにすっぽりとはまり、まるで生まれた時からこうであったような錯覚すら覚えさせた。

「いいね、似合っているよ。今の君なら皇帝候補、いや、皇帝そのものにすらなれる風格がある」

「……あぁ、俺もそう思う」

ライアンは兜を被ったまま同意する。

「いいかい、その兜を被っている君は絶唱者じゃない。英雄アルバートの息子で、次期皇帝だ。そう自分に言い聞かせろ。そうすれば、誰もが君を支持するようになる」

「俺はアルバートの息子で、次期皇帝になる……」

ライアンは試しに呟《つぶや》いてみる。魔術にも満たないただの自己暗示。しかし、不思議と自信が湧き、全能感に満たされる気がした。――だが、絶唱者である自分を否定しているようで、胸の底がチクリと痛んだ。

＊

「はぁ……！」

ライアンはうなされて飛び起きた。

辺りを見回して、愛用していた兜を探す。が、目に入るのは隣のベッドで眠るルナーラくらいで、頭髪を隠せる物が見つからない。

ライアンは仕方なく枕を頭に抱え、荒くなった呼吸を鎮《しず》めようとする。

久しぶりに、初めて兜を被った日の夢を見た。きっと、頭髪を晒しているせいで当時の記憶が掘り起こされたのだろう。

あの日以降、ライアンは皇帝候補に必要な実績を得るため、兜を被って、帝都でザケルに言われた仕事をこなすようになった。

魔力がないのは魔術具で補い、持ち前の剣術を披露する。兜を被る前とやることは大差なかったが、周りは大英雄アルバートの息子だと、勝手にもてはやしてくれた。恵まれた血筋と才能、更には十一賢者の後ろ盾を持つ者が次期皇帝候補に選ばれるのは必定だ。

頭髪さえ隠していれば、ライアンは誰もが認める英雄の息子で次期皇帝候補だ。

だが、兜がなく、絶唱者の証を晒《さら》す今、誰がライアンをアルバートの息子だと扱うだろうか。誰が皇帝の器だと認めるだろうか。どれだけ自らに言い聞かせようと、ここでのライアンはただの絶唱者だ。

ライアンは腹部に刻まれた紋章に目を落とす。しかし、この魔術がある今ならば――

気付けば小窓から陽《ひ》が射《さ》しており、ルナーラが上半身を起こす。

「んっ、はぁ……。――あっ……」

ライアンが起きていると気付いたルナーラは、恥じらうように唇をシーツで隠し、眼差《まなざ》しを向けてくる。きっと、昨日の出来事を思い出したのだろう。

「お、おはよう倅《せがれ》。いい朝ね」

「あぁ、まぁな……」

ライアンは何気なく答え、枕をベッドに戻す。

協力関係になり、口付けまで交わしたとはいえ、ルナーラが魔族であることには変わりない。わざわざ自らの弱さを曝《さら》け出す必要はないのだ。

ルナーラはコホンと咳《せき》を一つし、冷静な表情をつくる。
「さぁ、早速、魔術の特訓を始めましょうか」

＊

アインズバーグは教育機関の側面も持っているため、一般的な監獄より規則が緩い。特に時間の過ごし方に関しては顕著であり、早朝は点呼の時間にさえ間に合えば、グラウンドに出ることも許されている。

元々は普通の監獄同様、点呼まで牢《ろう》から出られなかったそうだが、遥《はる》か昔に一人の囚人が贖罪値《しょくざい》を使用して、今の制度に監則を書き換えたらしい。

ほんの数年前には第一棟が莫大な贖罪値で棟を自治化し、看守を追放したという話も聞いたので、必要な贖罪値を用意し、学院長であるアデルが認めさえすれば本当にどんなことでもできるということだろう。

早朝のグラウンドはランニングをする者が疎《まば》らにいるくらいでとても静かだ。そんな中、人目につかない隅の方で魔術の詠唱をする者がいた。

「《我は射る者……紅蓮《ぐれん》の奔流？　ほむらの……、えっと、焔《ほむら》の鏃《やじり》？　空間を……一路に貫け》――《業焔魔術《レッドポンド》》！」

ライアンが唱えたのは《レッドポンドの業焔《ごうえん》魔術》。

収監される前に、ライアンが魔術具でよく使っていた魔術である。魔術暦四〇〇年にメイル・レッドポンドが軍用魔術として開発したもので、詠唱速度を重視した四小節の詠唱文と、誰でも使用できる自由魔術という二つの理由から現在でも使用者が多い。

しかし、詠唱が完了したにもかかわらず、何も起きなかった。本来ならば、掌《てのひら》で火球が形成され、一直線に飛んでいくはずである。

「……貴方《あなた》、真面目にやっているの？」

ベンチに座っていたルナーラが、呆《あき》れたような半眼を向けてくる。

「やってただろ！　なんで何も起きないんだよ」

「詠唱文を間違えたのはともかく、そもそも詠唱に魔力が込められていないのだから、当然でしょう？」

「なんで魔力が込められてないって言いきれるんだよ！」

「私は瞳の中にも魔石がある。目に魔力を流せば、大気中の自然魔力《マナ》から体内魔力まで見えるの」

ルナーラは両手で瞳を指し、大きくため息を吐《つ》いた。よく見ると、赤い瞳の中に銀色の魔石が輝いている。

「昨日まで魔力すら持っていなかったのだから、魔術について無知なのも無理はないわね……。――いいわ。基礎の基礎から教えてあげる」

ルナーラは立ち上がると、落ちていた木の枝を手に取る。

「そもそも、魔術がどのようにして行使されるか知っている？」

「詠唱文を口頭で読み上げるか、身体《からだ》に刻めばいいんだろ？」

魔力のないライアンでも、他人の詠唱を見たり、魔石を使ったことはある。

「表面的な行動のみを言うならば正解ね。でも、私が聞いているのは行使される仕組み。――まず、魔術とは魔力を用いて世界に事象を起こす行為を指す。そして、詠唱とは世界に対する要求よ」

「……なるほど？」

「よく分かっていなさそうね……。端的に言えば、詠唱は高効率でまとめられた、世界に対するお願い事ということ。火を起こしたいだとか、雨を降らせて欲しいとかね」

ルナーラは手に持った木の棒で、地面に要点を書き記していく。向かい合っているにもかかわらず、ライアンが読みやすいように文字を書けるのは、ルナーラの頭脳が如何《いか》に優秀なのかを物語っていた。

「そして、魔力とは世界に事象を起こす力。例えるなら、世界に要求を届けるための声ね。魔力を込めて、詠唱文を口に出すことで魔術は成立する。今では刻術《フラート》や紋章術《クライス》の発展で詠唱が省略されることも多いけど、根底は変わらないわ。――つまり、先程の魔術は世界に要求を聞かせる声、魔力が込められていなかったから行使されなかったの」

「詠唱を読むだけじゃ行使されないってことか」

「そういうことね。魔力の込め方は繰り返し練習しなさい、としか言えないわ」

魔術についての解説を終え、ルナーラは木の枝を投げ捨てる。

「出所を目標にするなら、魔術の習得は確実に必要よ。何と言っても貴方は制魔輪《レストカラ》が付けられていないから、魔力さえあれば制限なく魔術が行使できる」

通常、アインズバーグの囚人達は制魔輪《レストカラ》によって魔力を制限されている。だが、絶唱者であるライアンが付けられたのは普通の首輪であり、魔力の制限が一切ないのだ。

「だからお前との経路を強固にしてもっと魔力を得ろってことだろ？」

「そうね。今貴方に流れている魔力だと、せいぜい二、三度魔術を行使したら終わりだもの」

昨日、遺伝紋章によりルナーラに刻まれた《繋鎖輪舞《チェイン・ロンド》》は互いの思念が深い程、言い換えれば信頼し合っている程多くの魔力が流れる。

つまり、ライアンが力を得るにはまず、魔族《ルナーラ》との仲を深めなければならないのだ。

「そろそろ点呼の時間みたいね……。行きましょう、倅」

収監棟へ戻ろうとするルナーラの背中をライアンは見つめる。

母の仇《かたき》である魔族と親睦を深めるなんて、とてもじゃないが気が進まない。しかし、出所のためならばどんなことでもすると、ライアンは決めたのだ。

＊

朝食を終えたライアンとルナーラは校舎に入ると、授業が行われる教室へ向かう。

校舎の窓に鉄格子《てつごうし》は付いておらず、所々に看守がいることを除けば普通の学校と何ら変わらない。むしろ、アインズバーグの方が綺麗《きれい》なくらいだろう。

ライアンとルナーラが教室に入ると、それまで騒がしかった室内が一瞬で静まり返った。

教室にいた全員の視線がライアンとルナーラに注がれる。

絶唱者と魔族という単体でも目立つ存在が並んでおり、しかも昨日、第三棟のボスであるアーサーを倒したというのだから、目立たない理由を探す方が難しい。

ライアンは自身へ視線が集中し、尻込みしそうになるが、胸を張って教室の中へと足を踏み入れる。

「授業はよく受けてるのか？」

「投獄されてすぐに二、三度ね。私が参加すると、周りがやりにくそうにするから自重しているわ」

今はそうも言っていられないから、とルナーラは付け足す。その瞳はどこか寂しげで、遥か遠くにある届かないものを見つめているようだった。

座席は木製の長机が半円状に並んでおり、既にほとんどの席が埋まっている。

「隣、空いてるか？」

「えっ、あっ……」

ライアンが話しかけると、教室の中心に座る少女は喃語《なんご》のような音を出して、荷物をまとめて逃げ出してしまった。

「……無理もないわね」

普通の神経を持っているならば、絶唱者と魔族の隣には座りたがらない。

仕方なく、ライアンとルナーラは長机の真ん中に座ったが、その両隣はおろか一つ前と後ろの席まで誰も座ろうとしなかった。

アインズバーグの教師は外部から人を招くこともあるが、大半は看守が兼任している。

二人のいる教室では歴史の講義が行われ、第三棟主任看守であるヴィオレが教壇に立った。いつも通りキッチリと制服と制帽を身につけ、落ち着いた雰囲気を纏《まと》っている。

「これはこれは、珍しい方がいますね……」

ライアンとルナーラに気付いたヴィオレは、失笑する。

「従順に贖罪値を貯《た》めようとしてるんだ。文句ないだろ」

「それとも、私達が参加してはいけないのかしら？」

「いいえ、そうは言っていません。アインズバーグは犯罪者であるお前達に常識と教養を与えるため、授業を行っているのですから。誰でも参加は歓迎します。――ですので、誰が参加しようと授業の内容は変更しません」

意味ありげな一言を付け足し、ヴィオレは教卓の上で麻袋をひっくり返す。色とりどりの魔石が教卓に転がり、教室にいた囚人の目を奪う。

「魔石。アインズバーグ内では許可されたもの以外所持を認めていませんが、お前達も外の世界で見たことがあるでしょう。ご存じのように、魔石はそれ自体が魔力を有し、これに詠唱文を刻めば、魔術具として魔術を行使できます」

魔力のないライアンが外で魔術を使えていたのは、魔術具のおかげだ。魔石は現代文明を支える上でなくてはならない資源である。

「しかし、今日は魔石について学ぶわけではありません。今日は魔石《これ》が生えた人間、魔族との歴史について話していきます」

「なるほど。私達について人類側の見解が聞けるというのね」

ルナーラは仰々しく足を組み、静かに呟《つぶや》いた。

「魔族の存在が確認されたのは魔術暦一〇〇年頃とされており、当時は〝魔に魅入《みい》られた者〟と呼ばれ、不詳なものとして奴隷のように扱われてきました」

自らの種族について話されているにもかかわらず、ルナーラは苛立《いらだ》っている様子を見せず、むしろ興味深げにヴィオレへ視線を向けている。

「そんな状態が約六百年続いたある日、人類の魔術師ガリア・ファントレールが魔族達を束ね、人類へ反旗を翻《ひるがえ》しました。これが第零《れい》次人魔大戦です。この大戦で人類が敗北したために、魔族は解放されました」

ガリア率いる魔族連合に敗北した人類は、当時人類の生息圏ではなかったオヴェルタス大陸と、エタリオンもあるエルデ大陸の一部を魔族に渡すこととなった。

「それ以降、魔族は勢力を伸ばし、領土拡張のために人類と何度もぶつかることになります。最近では第五次人魔大戦、それ以前ですと、焔焚王《アルテ》事変、地鎮王《サトゥラ》の侵攻、後は……、闇月王《ムーント》の裏切りが有名でしょうか」

自らの事件が口にされ、ルナーラは微《かす》かに眉根を寄せた。

「魔術暦九六九年、当時の闇月王《ムーント》ルナーラ・クレシェンドは人類と友好関係を築くため、エタリオンを始めとした人類領の大国とホーデガンの洞窟にて会談の場を設けました。しかし、そこで闇月王《ムーント》は、集まった人類を裏切り、攻撃をしかけました」

ルナーラは口出しするわけでもなく、頬杖《ほおづえ》をついてヴィオレの話に耳を傾けている。

「その一件で三代目闇月王《ムーント》が捕らえられて以降、闇月国《セレネール》は人類に対する敵対意識が強くなったとされています。話が逸《そ》れましたが、第五次以降でも魔族のトップである七大王はそれぞれが勢力を伸ばし続けています。最近だと我が国でも五年前に雷明王《ヴィバルト》の侵攻を受け――」

「はぁ……」

自らの話題が終わると、ルナーラはポツリと呟いた。

「私は裏切ってなんてないのだけどね……！」

表情を変えぬまま、ほんの少し怒気を込めて、声を震わせるルナーラ。

平然を装《よそお》っているが、頬についた拳に力が籠っているのを、ライアンは見逃さなかった。

＊

　午前中の授業を終えたライアンとルナーラは、昼食を食べに食堂へ来ていた。

　隣に座るルナーラは視線を落とし、黙ってパンを咀嚼《そしゃく》している。一限目の歴史の授業を終えてから、ずっとこの調子である。ルナーラの魔力が流れているせいか、ライアンまで苛立《いらだ》ちが湧いてくるような気がしてくる。

「さっきからずっと不機嫌だな」

「別に不機嫌ではないわ」

「いいや、機嫌悪いだろ。指輪でお前の感情が流れてくるんだよ」

「えっ……？」

　ルナーラは目を丸くして、指輪とライアンの顔を交互に見る。

　感情が流れているという根拠はなかったが、今は、驚愕《きょうがく》と緊張がライアンの身体を巡っている。ライアンの推測もあながち間違いではなさそうだ。

「……確かに、気分は良くないわ。私が裏切ったことにされていたから」

　感情が筒抜けになっていると観念したのか、ルナーラの口から言葉が溢《あふ》れる。

「三十年前、私は人類と共存の道を議論するため、会談を開いた。けれど、エタリオンの使者が議席に着いた瞬間、洞窟の天井が崩れ落ちてきたの。偶然の出来事ではないし、当然私が企《たくら》んだことでもない。となれば、人類側の策略ということになる。──私は人類と共存したいと思っていたけど、人類は魔族と仲良くしたくなかった、ということね」

ルナーラは薄い笑みを浮かべる。それは自らの愚かさを嘲笑《あざわら》っているようで、諦念が滲《にじ》んでいた。

「じゃあお前、無実の罪でここにいるのか？」

ルナーラの話が全て真実だとするならば、彼女は裏切りの罪を着せられたことになる。

「そうなるわね。私は無実よ」

「じゃあ、どうして三十年も出ようとしなかったんだ」

「今さら私が出たところで何もできないもの。けれど、ここにいたお陰で貴方《あなた》に出会えたわ」

悲しみが滲んでいたルナーラの表情に、少しだけ笑みが灯《とも》る。

「何で急に俺が──」

「あ、ライアン！」

ライアンがルナーラに問おうとした時、少女の明るい声がライアン達に投げかけられた。

この監獄でライアンに話しかけようとする人間はそう多くない。見れば、ロルと見知らぬ少女がライアン達の前に立っていた。

「よう、一昨日《おととい》ぶりか？」

「そうだね！　……えっと、ここ、座っていいですか？」

ロルは妙に畏《かしこ》まった口調で、ルナーラへ目を向ける。その瞳は負い目を孕《はら》んでいるようで、いつも明るいロルには珍しい表情だった。

当のルナーラと言えば、驚いたように目を見開いて固まっている。

「おい、大丈夫か？」

「あっ……、ええ。ごめんなさい、人類の方から普通に話しかけられるなんて久しぶりだったから」

ルナーラは咳払《せきばら》いを一つし、いつもの冷静な顔をつくる。その表情は心なしかいつもより嬉《うれ》しそうだ。

「ええ、構わないわ」

「あっ、ありがとうございます」

ルナーラから許可を得たロルと、隣の少女がライアン達の向かい側に座る。

「あっ、初めましてだよね。この子はメイディ。一昨日から私と同室の新入りさん」

「メイディ・エクレールです。よろしくお願いします」

ロルから紹介され、メイディが静かに名乗る。

三つ編みにした黄色の髪を肩に流し、口元を白色のフェイスベールで隠している少女だ。目が垂れているせいか、落ち着いた印象を受ける。

「……白魔教徒ね」

ルナーラがボソリと呟いた。

白魔教とはエルデ大陸三大宗教の一つであり、全ての属性を持つ白色の魔力を崇拝している組織だ。

口頭詠唱は世界に捧《ささ》げる神聖な貢物《みつぎもの》という教えがあるため、信者は口を神聖視し、フェイスベールなどで、他人から見られないようにしている。

「ライアンも二日前からだし、二人とも同じ時期に来たんだね」

「そうですね、私は覚えてますよ。……それは目立つので」

メイディはチラリと目線を上げる。きっと、ライアンの黒髪を見ているのだろう。

白魔教徒は白色を神聖視するためか、ライアンのような絶唱者を禁忌《タブー》としている。ライアンはこれまで熱心な信者から何度も物を投げられ、ある時は殺されかけたこともあった。

しかし、メイディは少しも嫌そうな態度を見せていないので、さほど熱心な信者ではないのかもしれない。

「それより聞いたよ！　ライアン、アーサーくんに勝ったんでしょ？」

ロルはテーブルに身を乗り出し、興奮気味に尋ねてくる。

ライアンとルナーラは、私闘の結末を誰にも話していないが、ライアンが生きているというだけで口外しているようなものだ。

「俺が負けるはずないだろ？　なんて言ったたって皇帝候補だからな」

ライアンは顎を上げ、誇ってみせる。

昨日の勝負以降、アーサーとその部下達はライアン達に突っかかってこない。かと言って、大袈裟《おおげさ》に騒いでまた目を付けられても困る。あまり派手に吹聴《ふいちょう》しない方がいいだろう。

「やっぱり、ライアンは強いんだね！　ほら、孤児院でも迷い込んできた魔獣を追い返してたし」

「魔獣如《ごと》きにやられる器じゃないからな！」

「剣の大会で優勝してたよね」

「俺より剣術に長《た》けた奴《やつ》なんていないだろ」

ロルはニコニコと笑いながら、孤児院での出来事を語る。十年以上前の話とは言え、褒められるのは悪くない。ただ、二人のやり取りを見ていたルナーラは何故か唇を曲げていた。

「……伜《せがれ》、そろそろ時間よ」

もう食事を終えたらしく、ルナーラはライアンを肘で突く。

ライアンは壁にかかっている時計を見たが、午後からの刑務作業にはまだ時間がありそうだ。

「もう少しゆっくりしてもいいだろ？」

「いいえ、人気の刑務作業はすぐ締め切られるの。急いで損はないわ」

ルナーラはそう言うと席を立ち、トレイを返却口へ持って行ってしまう。

「悪いな、刑務作業の受付があるんだ」

「うん。またね、ライアン」

「……お元気で」

ロル達と手短に別れを済ませ、ライアンはルナーラを追いかけた。

ルナーラは大股で廊下を突き進んでいた。

ライアンの言う通り、午後からの刑務作業にはまだ時間がある。しかし、どうしてもあの空間に長居したくなかった。

数年ぶりに人類から接してもらえたのはとても嬉しかった。しかし、ライアンとロルが笑い合っているのを見ると、身体《からだ》の内側を羽根でくすぐられるような不快感を覚えるのだ。怒りというには大袈裟で、悲しみというほど冷たい感情ではない。しかし、そのどちらも兼ね備えたものだ。

ルナーラが、初めて感じる胸のざわめきについて考えていると、ライアンが追いかけてきた。

「なんだよ、何か言いたいのか？」

「いいえ、言いたいことなんてないわ」

ルナーラは振り返らず、拳を握り締めて廊下を進んでいく。

「もしかして嫉妬でもしてるのか？」

ライアンの揶揄《からか》うような声に、ルナーラはビクリと肩を震わせ、赤くなった顔でライアンを睨《にら》んだ。

「しっ、嫉妬などするはずないでしょう！　私は三日月の賢王と謳《うた》われたルナーラ・クレシェンドよ？　嫉妬なんて幼稚な感情、私が――」

「指輪でお前の感情が分かるって言っただろ」

「うっ……」

反射的に否定したものの、ライアンの発言はルナーラの感情を的確に表していた。

認めがたいが、ルナーラはライアンとロルに嫉妬心を抱いている。

しかし、ルナーラは何故自分が嫉妬をしているのか合理的な理由が見つけられない。

ルナーラとライアンは互いの目的のために、協力関係にあるだけ、ただ経路を構築するために口付けをしただけだ。いや、むしろそれ故に――

「お前、人類との共存を目指してたんだろ。もう少し仲良くしようとしてもいいんじゃないか？」

ルナーラの思考を遮るようにライアンが追い打ちをかける。

ルナーラは悔しそうに身体を震わせ、水から顔を出したように、大きく口を開いた。

「わ、私だって仲良くしたいわよ！　でも、貴方とロル・タンセルが話すのを見て、少し、ほんの少しだけ羨ましいと思ってしまったの！　――もういいでしょう、分かったら行くわよ、倅！」

ルナーラは踵《きびす》を返し、誤魔化すように廊下を闊歩《かっぽ》していく。

鼓動が耳に響く。背中が熱くなる。――嫉妬をするということは少なからず、協力関係以上の感情を抱いているということだ。

＊

アインズバーグの刑務作業は、主に午後から行われる。

午前中の授業は四時間分参加しても百しか贖罪値《しょくざいち》が貰《もら》えないのに対し、刑務作業は五百から五千近くの贖罪値を得ることができる。そのため、午後の刑務作業だけ参加するという囚人も少なくない。

当然であるが、贖罪値が多く貰える作業ほど危険なものとなっており、AからEの階級でその度合いを表している。

今回ライアンとルナーラが受けるのは、上から二つ目の階級であるB級の刑務作業――〝魔石探査狼《たんさろう》の精度テスト〟だ。

「これより、本日の第二刑務作業を開始します」

担当看守であるヴィオレが、グラウンドに集まった囚人達へ声を張る。

集まった囚人達は四十人前後。難易度の高い刑務作業であるため、皆自信に溢《あふ》れていた。

「知っての通り、アインズバーグでは許可なく魔石の持ち込みを禁じています。しかし、私達看守の目を掻《か》い潜《くぐ》り、多くの魔石が密入されているのが現状です」

ヴィオレは囚人から押収《おうしゅう》した魔石を手に掲げる。

囚人は制魔輪《レストカラ》で体内魔力を制限されているため、その影響を受けない魔石に需要が高まるのは当然だ。

「そのため、アインズバーグは対策を講じることにしました。――連れてきなさい」

ヴィオレが指示を出すと、四足歩行の生物が看守を引っ張りながら現れた。

紫色の毛に覆われ、歯茎には鋭い牙が生え揃《そろ》い、額の中心から赤色の魔石が飛び出している。口元からは唸《うな》り声と涎《よだれ》が垂れ落ち、鎖で繋《つな》がれていなければ、今すぐにも飛びかかってきそうだ。

「第二級危険魔獣、フェルドウルフです」

ヴィオレは手に持っていた魔石を放り投げる。その瞬間、鎖から放たれたフェルドウルフは魔石に喰《く》らい付き、獲物を貪り食うように何度も歯を立てた。

その光景に集まった囚人達が一斉に顔を引き攣《つ》らせる。

「見ての通り、未認可の魔石に反応して襲い掛かるよう調教してあります。本日の刑務作業はこの魔石探査狼の精度と耐久力の調査です。――一人一つずつ魔石を受け取りなさい」

指示を受けた看守達が、囚人達に魔石を渡していく。

つまりは、わざと魔石を所持することで、探査狼の精度を試すということだ。調査、と銘打っているが、結局は実験台になれということである。

「それでは、刑務作業を開始します。お前達の健闘を祈ります」

魔獣とは、身体に魔石が出現した獣を指す。言ってしまえば、魔族の獣版だ。

ただ、魔術を行使できる種族は少なく、大半の魔獣は、魔石を角や牙の延長として扱っている。しかし、魔石に詠唱文や紋章を刻むことで容易に調教が可能と判明してからは、刻術《フラート》や紋章術《クライス》の台頭と共に、道具として魔獣が使役されるようになった。

「しかし、予想よりも静かだな」

魔石を持たされたライアン達は校舎の廊下を歩く。

今回の刑務作業は、最後まで魔石を所持していた者にのみ、贖罪値が与えられる。

囚人は贖罪値のために魔石を死守しようとし、フェルドウルフは調教された通りに魔石を求める。必然的に争いが起きるため、探査狼の耐久力も調査できるのだ。

今回の刑務作業にあたり、校舎から出ることは禁止されており、否《いや》が応《おう》でも探査狼と遭遇する仕組みになっている。しかし、作業開始から数十分、探査狼どころか他の囚人とも出会わない。

「油断しないで、倅。フェルドウルフは頭の良い魔獣よ。魔術を使う個体も少なくないわ」

ルナーラが隣を歩きながら、落ち着いた声で注意する。食堂でのことを引きずっているのか、まだほんのりと頬に朱が差していたが、冷静さは取り戻しているようだ。

背後から跳ねるような足音が近づいてきたのは、その時だった。

「――来たか」

ライアンは剣を抜き、振り返る。そこには四足で駆ける魔獣の姿。まるで足跡を残すように涎を垂らし、一直線にライアン達へ向かってくる。

「ここは俺に任せろ」

ライアンは前に出て、剣を上段に構えた。

「ガッ！」

魔獣が雄叫《おたけ》びを上げ、ライアンへ飛びかかる。

ライアンはタイミングを見計らい、刃《やいば》を振り下ろす。裂ける胴体。飛び散る紅《あか》。だが、手応えは薄い。――フェルドウルフは斬られる直前で身を捻《ひね》り、致命傷を躱《かわ》したのだ。

「チッ！　ちょこまかと！」

床に着地した魔獣は踵を返し、あろうことかライアンから逃走する。

ライアンはとどめを刺すために走り出した。

「待ちなさい、倅！　追う必要はないわ！」

「ここで逃がせばまた襲ってくるだろ」

ルナーラの忠告が背後から響くが、ライアンは足を止めない。

「きゃっ……！」

しかし、ライアンが魔獣にトドメを刺すより早く、後方からルナーラの悲鳴が響いた。

咄嗟《とっさ》に振り返れば、もう一体のフェルドウルフがルナーラを押し倒している。ライアンはその光景を目にしてやっと、魔獣はライアンとルナーラを分断するのが目的だったのだと理解した。

「小賢《こざか》しい真似《まね》を……！」

引き返そうとするも、ライアンの下半身に重い衝撃が走る。傾いていく視線を落とせば、魔獣が足元に体当たりをしていた。

床に落ちる剣。体勢を崩したライアンに、狼《おおかみ》が飛びかかる。

「ガッ！　ガッガっ！」

魔獣は吠《ほ》えながら、胸ポケットにしまった魔石に噛《か》み付こうとする。剣のないライアンは探査狼の首元を握りしめて必死に抵抗した。

ルナーラもライアンと同じように、探査狼の首を両手で押し返そうとしている。その顔は苦悶《くもん》に歪《ゆが》み、魔術を詠唱する余裕もなさそうだ。

ライアンの胸中に恐怖が広がっていく。魔力によって、ルナーラの感情が伝染しているのだ。

「邪魔だっ！」

ライアンは叫び、魔獣の眼窩《がんか》に力一杯親指を突っ込む。

魔獣が怯《ひる》んだ隙にライアンは剣を拾い、ルナーラのもとへ走り出した。

「どけぇぇぇ！」

ライアンは威嚇するように叫ぶ。

一刻も早い出所のため、今ルナーラを失う訳にはいかない。だが、距離があるためすぐには駆けつけられない。

「しかた……ないわねっ！」

ルナーラは苦悶に顔を歪め、ローブのポケットから魔石を放り投げる。探査狼は魔石を求めて襲ってくるのだ。魔石を手放せば贖罪値は得られないが、危機は免《まぬが》れられる。

――が、フェルドウルフは投げられた魔石に見向きもせず、その鋭い牙でルナーラの顔に噛み付こうとし続けた。

「まさかっ……！　私の魔石に反応しているのッ？」

ルナーラの鼻先で、ガチンッと牙が噛み合わさり、鋭利な爪が彼女の玉肌を何度も傷付ける。少女の腕力で耐えるのは限界だった。

「ルナーラっ！」

まだライアンの剣が届く間合いではない。

絶望感が身体《からだ》を巡る。しかし、この感情がライアンのものなのか、ルナーラのものなのか判断できなかった。

「──《貫け》」

その瞬間、そんな呟《つぶや》きと共に、雷鳴が轟《とどろ》いた。

突如として空間に顕現した電撃は、枝木のように稲妻を描き、フェルドウルフの胴体を貫く。

ルナーラを襲っていた魔獣は稲妻に抉《えぐ》られた断面から湯気を上げながら、その場に倒れた。

「大丈夫だった？　ルナーラさん、ライアン！」

一拍遅れてロルの声が響く。視線を向ければ、慌てふためくロルと、こちらへ人差し指を向けたメイディの姿。

何が起きたのか理解できないライアンだったが、とりあえず助かったことは分かった。

「何だったんだよさっきの雷……」

「恐らく、魔力親和性ね」

ライアンの問いかけに、ルナーラが答える。

二匹のフェルドウルフを撃退した後、ライアンとルナーラは廊下に並んで座り、ロルの治癒魔術を受けていた。

「今朝、詠唱とは世界に対する要求と話したわね。普通は決められた詠唱文を唱えなければ世界は耳を貸さない。けれど時々、世界から愛された生まれつきの魔術師がいる。彼らは、魔力を込めて言葉を発するだけで世界が意図を汲《く》み取り、魔術が成立する。その度合いを魔力親和性と呼ぶの」

少し離れた場所で辺りを警戒するメイディに、ルナーラは眼差《まなざ》しを向ける。

つまり、メイディが呟いた《貫け》という言葉で魔術が成立し、実際に電撃が発生したということだろう。

「親和性……か」

昨日まで魔力のなかったライアンには、羨ましいという感情も湧いてこない。ライアンとは対極の存在で、もはや雲の上の話だ。

「ふぅ……。終わりました、ルナーラさん」

治癒魔術を行使したロルが額に浮いた汗を拭う。

「感謝するわ、ロル・タンセル。素晴らしい腕ね」

傷が塞がった両腕を見て、ルナーラは感嘆の声を上げた。これならば、傷跡も残らないだろう。

「貴重な魔力を使わせてしまったわね。このお礼は——」

「いえ、気にしないでください。むしろ謝らないといけないのは私なんです。私……、今までずっとルナーラさんのこと見ない振りしてきたから……」

ロルは顔を俯《うつむ》かせ、声を萎《しぼ》ませていく。今までアーサーの虐《いじ》めを止めなかったことに、負い目を感じているのだろう。

そんなロルに、ルナーラはため息を吐いて微笑《ほほえ》んだ。

「私は寛大な三代目闇月王《ムーント》よ。私からすれば貴方《あなた》の行いなど過《あやま》ちにも入らないわ。……それに、私も貴方に幼稚な感情を抱いてしまったし」

視線を落とし、恥じるように頬を赤くするルナーラ。そんな彼女にロルはよく分からないといった様子で首を傾《かし》げる。

「それよりも、気にすべきはこれからのことよ。倅《せがれ》同様、私とも仲良くしてくれるかしら？　ロル・タンセル」

「そう……だね！　うん、分かったよ！　これからよろしくね、ルナーラさん」

「ええ、改めてよろしくね」

微笑み合うルナーラとロル。きっと、ルナーラの中で、感情に折り合いがつけられたのだろう。

「そろそろ行くぞ。集まってると、魔獣も寄ってきそうだ」

ルナーラの治療が終わり、ライアンは立ち上がろうとする。が、ロルにローブの袖を摘《つま》まれた。

「どこに行くの？　次はライアンの番だよ？」

きょとんとした双眸《そうぼう》でライアンを見上げるロル。どうやら、ライアンの治療もするつもりらしい。

「いや、俺はいい。たいした怪我《けが》はしてない」

ライアンは多少腕に掠《かす》り傷がある程度で、治療するほどの傷は負っていない。しかし、ロルは袖を離そうとしなかった。

「ダメだよ！　ちょっとの怪我が危ないんだから」

「倅、人の厚意は受けておくものよ」

「……分かったよ。じゃあ頼む」

ロルとルナーラに言われ、ライアンは仕方なく廊下へ座り直す。

ロルは深呼吸をすると、グローブの嵌《はま》った両手の指を組み合わせた。グローブには関節ごとに文字が刻まれ、ロルはまるで印を結ぶように、手の関節を絡《から》ませる。

「改めて見ても、見事な組手術《ハンズ》ね」

ルナーラは、ロルの手さばきに舌を巻く。

組手術《ハンズ》は比較的最近開発された詠唱省略の技術だ。

指の関節ごとに詠唱文の一節が書かれており、それらを文字通り組み合わせることで、様々な魔術を行使する。

刻術《フラート》や紋章術《クライス》に比べ、行使までに時間は掛かるが、組手術《ハンズ》は同系統の魔術であれば、手の組み方次第で複数使用できる。そのため、身体へ詠唱文や紋章を刻むのに抵抗がある魔術師や、契約魔術を持たない者の間で多く使用されている。

「――《炎癒魔術《オベラスラ》》」

ロルが慣れた手つきで組手術による詠唱を終えると、両手に淡い橙《だいだい》色の光が灯《とも》る。その手をライアンの手首に近づけると、花が萎んでいくように傷が消えていった。

「はい、終わったよ！」

「……貴重な魔力を使わせて悪いな」

「いいよいいよ、困ってる時はお互い様でしょ？」

ライアンは完治した腕を動かしてみる。これで出血の心配もないだろう。

「じゃあ、私達は行くね。ライアンの言う通り、あんまり集まってると、探査狼も沢山来ちゃうだろうから」

ロルが立ち上がると、それに気付いたメイディが近づいてきた。

「これ、落ちていましたよ」

メイディは手に持っていた魔石をルナーラに手渡す。先程ルナーラが投げ捨てたものだ。探査狼がルナーラの魔石に集中していたせいで無事だったらしい。

「あぁ、手間を取らせたわね、メイディ・エクレール」

「いいえ、当然のことをしたまでです、ルナーラ様。――それでは、お二人の健闘を祈ります」

メイディは礼儀正しくお辞儀をし、ロルと共に廊下を歩いていく。

二人の背中を見送りながら、ライアンは何故《なぜ》メイディがルナーラを様付けしたのか、不思議に思っていた。

「もう失敗できないぞ」

「そう言う貴方も油断しないでよ、倅」

ロル達と別れたライアンとルナーラは、北館二階の廊下を慎重に進む。

魔石探査狼は想定より賢い。てっきり、魔石のみを追い求める単純な生物かと思っていたが、狡猾《こうかつ》にも集団行動をとり、陽動により標的の分断をしてくる。

「これは私の憶測だけれど、探査狼は未認可の魔石と、魔族から生えた魔石を分別できていない。となると、私達は他より多くの魔石を所持していることになるわ」

魔石を捨てたにもかかわらず、探査狼はルナーラを襲い続けた。ルナーラの憶測はほぼ間違いないだろう。

魔石を多く所持すれば、その分、多くの探査狼が寄ってくるはずだ。そして、魔石の生えたルナーラが魔獣から逃れる術《すべ》はない。

ライアンは、ルナーラの端麗な顔を見つめる。フェルドウルフに顔を噛《か》まれれば、ルナーラだって一溜《ひとたま》りもないはずだ。魔力を得たとはいえ、ライアンに治癒魔術の心得はない。

最悪の場合、命を落とす可能性もある。

ふと、脳裏に母の姿が想起され、ライアンは頭を横に振った。一瞬でも母と、仇《かたき》の同族を重ねてしまった自分に嫌気がする。

「どうしたの？」

ライアンの視線に気付いたルナーラが首を傾げる。銀色の前髪が揺れ、赤色の双眸がライアンを見つめた。

その時、ルナーラの背後にある教室から殺気を感じ、ライアンは咄嗟《とっさ》に彼女を抱き寄せる。

「ちょっ！」

ルナーラが驚嘆の声を上げたと同時、扉を破って飛びかかってくる、フェルドウルフ。

ライアンは即座に抜刀し、襲いかかる魔獣を一閃《いっせん》で斬り伏せた。

「大丈夫か？　ルナーラ」

探査狼が動かなくなったのを見下ろしながら、ライアンは尋ねる。

「あ……」

ライアンの胸に抱かれたルナーラは、瞳の色のように顔を紅潮させながら、ライアンの顔を見上げていた。しばらくして、自分の状況を把握できたのか、ルナーラは頭を何度も横に振り、ライアンから離れる。

「ご、ごめんなさい。き、気付けなかったわ！」

「油断するなってお前が言ったんだろ。お前みたいな口頭詠唱に頼った魔術師は接近されたら終わりだからな」

「え、えぇ、その通りね。感謝するわ……！」

ルナーラは口元を手で覆い、荒くなった呼吸を必死に抑えようとする。

「わ、私の今の感情も、魔力と一緒に貴方に伝わっているのかしら……？」

魔力の共有により、助けたはずのライアンも鼓動が速くなるのを感じていた。

「あぁ、なんとなくな。さしずめ、魔獣に不意を突かれて恥ずかしい、って感じか？」

「そ、そうね。その通りよ！……その程度の認識しかできないなら問題ないかしら」

赤面したまま、ルナーラはボソリと呟《つぶや》く。後半がよく聞き取れなかったが、たいしたことは言っていないだろう。

「ガァァアアっ！」

彼方《かなた》より雄叫《おたけ》びが響いたと思えば、ライアンの頬を火球が掠める。

咄嗟に首を回すと、一匹のフェルドウルフが目に入る。他の個体よりも体毛が赤く、被毛と同色の角は天を貫くように高く伸び、淡い光を放っていた。

「今の……！　あの魔獣がやったのか？」

「そのようね……。余程魔力親和性の高い個体らしいわ」

ルナーラが冷静に分析する。

その間にも魔獣は魔石を光らせ、次の火球を放とうとしていた。

「避《よ》けなさい！」

ルナーラが声を張り、二人は廊下の曲がり角に身を隠す。刹那、先程のものより巨大な火球が彼らのいた場所を掠めた。

「どうするんだ⁉」

「《空間を満たす万物と奇跡の素よ》――」

壁に身を寄せてライアンが叫ぶ。が、その時には既にルナーラが詠唱を開始していた。

「《冥闇色帝《アスモデウス》》」

詠唱が完了し、フェルドウルフへ掌《てのひら》を向けるルナーラ。

瞬間、床から闇色の炎が噴き出し、魔獣を包んだ。

フェルドウルフは地をゆるがすような叫び声を上げ、身を捻《ひね》りながら炎を消そうとするが、まとわりついた闇は少しも火力が落ちない。やっと炎が消えた時には、瀕死《ひんし》の状態となっていた。

「……すごいな」

一連の光景を見ていたライアンは感嘆の声を漏らす。

「そ、そうでしょう？　凄《すご》いでしょう？　私が創った特異魔術の一つ、《冥闇色帝《アスモデウス》》よ。〝これ〟がなければもっと凄いわ」

ルナーラは照れながら胸を張り、制魔輪《レストカラ》を指でつつく。フェルドウルフを一撃で屠《ほふ》れる火力でも、まだ本領ではないということだろう。

魔族が、〝魔に魅入《みい》られた者〟と呼ばれていた所以《ゆえん》を肌で感じ、ライアンは喉を鳴らす。

「……っ！」

ふと、何かが近づいてくる気配を感じ、ライアンは剣を構えた。ルナーラも同様に何かを察知したようで、目を細め、ライアンと背中合わせになる。

「同胞の叫びを聞きつけたか……」

「……そのようね」

地鳴りのように響く、いくつもの足音。一匹や二匹の騒がしさではない。

「寄ってきたやつは俺が斬る。お前は――」

「遠くの個体でしょう？　任せなさい」

ライアンとルナーラを挟むように、探査狼が廊下の双方から集まってくる。

三匹、五匹、十匹、と増えていくフェルドウルフ。しかし、一匹として攻め込んでは来ず、まるで、ライアン達を確実に仕留められる数が揃《そろ》うまで待っているようだ。

「……この数は流石《さすが》に想定外ね」

ルナーラは警戒した表情を崩さずに弱音を吐いた。

「さっきの魔術で一掃できないのか？」

「可能よ。本来、《冥闇色帝《アスモデウス》》は広範囲の攻撃魔術。むしろこの状況でこそ本領を発揮するわ。けれど――」

ルナーラはその続きを口に出さず、自らの首輪を指す。――魔力を制御されている状態では使えないということだろう。

「じゃあ、制限のない俺ならできるってことだな？」

制魔輪《レストカラ》の影響を受けないライアンはアインズバーグで唯一、無制限に魔術を行使できる存在だ。ライアンが《冥闇色帝《アスモデウス》》を行使できれば魔獣を一掃できるはずである。

「それは……、理屈ではそうだけれど。貴方《あなた》、まだまともに魔術を行使できないじゃない！」

「でも、これだけの数を一匹ずつ倒すより現実的だろ？」

視界は既に探査狼で埋め尽くされている。魔獣とは言え、これだけの量を二人で相手するのは非現実的だ。

ルナーラもそれを分かっているようで、逡巡《しゅんじゅん》してから小さく頷《うなず》く。

「……分かったわ。貴方の考えに乗ってあげる。でも——」

そう言うとルナーラは、ライアンの手を摑《つか》んだ。

突然の刺激にライアンは叫び出しそうになる。

「ッ！　きゅ、急に何するんだよ！」

「魔力のコントロールは私が行う！　《冥闇色帝《アスモデウス》》は素人《しろうと》が土壇場《どたんば》で使えるほど単純じゃないわ」

「だからって、手を繫《つな》ぐ必要はないだろうが！」

「わ、私だって恥ずかしいわよ！　でも、身体《からだ》を接触させないと魔力をコントロールできないし、できるだけ多くの魔力を共有させたいの！　こ、この程度で取り乱さないで！」

ルナーラの指がまるで味わうように、ライアンの掌を這《は》い、離れないよう指同士を絡《から》めさせる。

互いの中指に嵌《は》められた指輪が当たり、絞め殺し合うようにきつく指間が圧迫される。

不思議な快楽と刺激的な魔力が、魔族と触れ合っているという不快感を掻き消していった。

「覚悟はできてるわね、倅《せがれ》……」

「当然だろ。俺は皇帝候補だぞ」

ライアンは自らを鼓舞し、二人は同時に口を開いた。

「《空間を満たす万物と奇跡の素よ》――」

魔力の流れを察知したのか、集まった魔獣達が一斉に走り出した。

「《世界を包む嬋媛《せんえん》な闇よ　抱擁と愛撫《あいぶ》と寂滅》――」

先頭を走る魔獣が今にも飛びかかろうとする。

ライアンは焦《あせ》りから剣を振ろうとするが、ルナーラが手を更に強く握って制した。――詠唱に集中しろということだ。

「《今許《ばか》りは慈愛を捨て》――」

「ガッ！」

魔獣が一斉に跳び上がり、無数の牙がライアンとルナーラを襲う。

「《因果律を灼《や》け》――《冥闇色帝《アスモデウス》》！」

それは瞬間の出来事だった。

――視界が、暗転した。

目の前に映る全てが黒色に染められ、一瞬のうちに夜が訪れたのかと錯覚する。

ライアンは一瞬遅れて理解する。これこそが《冥闇色帝《アスモデウス》》の真の力なのだと。

今まで抑えていたものが解放されるように、そして火山が爆発するかのように、床から闇色の炎が顕現し、辺りを全て染め上げる。まるで、ライアン達の方が、炎の檻《おり》に閉じ込められているようだった。

「《冥闇色帝《アスモデウス》》は、対魔族用に開発した魔術。この闇は、魔力に反応してその威力を増すわ」

闇の中に、フェルドウルフのもがき苦しむ姿が映る。まさしく地獄の業火《ごうか》で灼かれる罪人のように、身体を激しく揺すりながらのたうち回っていた。

「俺がやったのか、これを……」

「そうよ、倅。貴方でなければ成しえなかった光景よ」

その光景を自らの手で作りだしたという事実に、ライアンの頰を汗が伝い、興奮に近い感情が胸を焦がす。今、目の前で起きている事象は虚勢や出まかせではなく、まさしく王に相応《ふさわ》しい力だった。

ライアンが興奮で口角を上げると、一瞬で闇が晴れ、闇の束縛から放たれた魔獣達が廊下に倒れる。

「……魔獣の体内魔力ではこんなものかしらね」

《冥闇色帝《アスモデウス》》は魔力に反応する。ならば、対象の魔力が尽きれば、闇も消えるということだろう。

フェルドウルフは廊下に這いつくばり、口から舌を垂らして浅い呼吸を頻繁《ひんぱん》に繰り返していた。

ルナーラはその一体に近づくと、項垂《うなだ》れた頭部を持ち上げる。

「おい！　危ないぞ」

「大丈夫よ。もう襲ってくる元気もないでしょう」

ルナーラはそう言って、探査狼の魔石に刻まれた詠唱文を指でなぞる。

「《我は求める者　空間に満ちた奇跡の素よ　元素で充《み》ちた結晶に導け》。……シンプルにまとめられたいい詠唱文ね、悪くはないわ。一小節付け足せば直るでしょう」

ルナーラは顎に手を当てながらブツブツと呟く。

その時、終了を告げる鐘が鳴り、魔石探査狼の精度調査の刑務作業が終了した。

＊

「以上で、本日の刑務作業を終了します」

陽《ひ》が沈みかけた頃、グラウンドに集められた囚人達へヴィオレが宣言する。

最終的に魔石を死守できたのは、参加した四十二人中、八人。その中には、ロルとメイディの姿もあった。

「お前達の働きで魔石探査狼の精度と問題点が確認できました。最後まで残った者には約束通り、三千の贖罪値《しょくざい》を贈呈します」

ライアンは直立したまま、喜びから拳を握り締めた。

出所に必要な一千万には程遠いが、それでも三十日分の授業に出席したと考えれば、大きな前進だ。

「また、今回多くのデータ採取に貢献した者、一三六番、二四六番、三六八番、三七二番の四名にはその功績を認め、追加で二千の贖罪値を贈呈します」

二四六番、三六八番というと、ロルとメイディの番号だ。彼女達も多くの探査狼を倒したのだろう。

「では、解散とします。……ご苦労さまでした」

ヴィオレはボソリと労《ねぎら》いの言葉を残し、囚人達に背中を向けた。

解散を命じられた囚人達がザワザワと騒ぎ出す。大半の者は贖罪値を得られずタダ働きとなったため、聞こえてくるのはほとんど愚痴だ。

追加の贖罪値を貰《もら》えたことにライアンが喜んでいると、隣にいたルナーラがヴィオレの方へ向かっていた。

「待ちなさい、ヴィオレ・リーベン」

「……何の用です、一三六番」

囚人の一人であるルナーラから呼び捨てにされ、ヴィオレは眉をひそめた。

「魔獣に刻まれていた詠唱文が間違っていたわ。あれだと私のような魔族の魔石にも反応する」

ルナーラは、ヴィオレに紙切れを差し出す。

「魔石にだけ反応するよう、私が修正したものよ。創った者に伝えなさい、腕は悪くないけど詰めが甘い、とね」

「刑務作業中に魔術を修正したというのですか……?」

ルナーラから紙切れを奪い取り、ヴィオレは書いてある内容を確認する。眉間に皺《しわ》が寄り、目には疑いを孕《はら》んでいたが、詠唱文を読むにつれ、その瞳は驚愕《きょうがく》で見開かれていった。

「……内容を確認しました。あくまで一つの参考として担当者に伝えておきましょう」

「ええ、お願いするわ。あのまま現場に投入されると、私が迷惑するもの」

「待ちなさい、一三六番」

用事が済み、踵《きびす》を返すルナーラ。そんな彼女を、ヴィオレは呼び止めた。

「刑務作業中、北館の二階で異常な量の魔力を検知しています。あれはお前の仕業ですか？」

ヴィオレは眉間に皺を寄せ、訝《いぶか》しむような目付きでルナーラの背中を睨《にら》んでいた。

北館二階は、刑務作業終盤でライアンとルナーラが《冥闇色帝《アスモデウス》》を使用した場所だ。

「さぁ？　どうでしょうね？」

ルナーラは首だけ回して、ヴィオレを睨み返す。

「貴女《あなた》も魔術を嗜《たしな》むなら、自力で答えに辿《たど》り着いてみたら？　そんな魔術具《玩具》ばかりに頼ってないでね」

「ッ！」

ルナーラに顎でロッドを指され、ヴィオレは唇に歯を立てた。

「よかったのか？　あんな誤魔化し方で」

「私に聞いてきた時点で、目星は付いているのでしょう。ただ、絶唱者の貴方が魔術を行使したとは夢にも思わないでしょうね」

ルナーラは鼻を鳴らし、ヴィオレへ視線を向ける。

ヴィオレはルナーラの挑発が余程悔しかったのか、未《いま》だルナーラに鋭い視線を送っていた。

「貴方が《繋鎖輪舞《チェイン・ロンド》》で自由に魔術を使える、というのは私達の明確な強みになるわ。誰にも言ってはダメよ？」

「当たり前だろ」

　魔術師同士の争いは、特に情報がものを言う。

　相手の使用する魔術が分かれば対抗手段を用意でき、詠唱文を刻んでいる部位が分かれば、そこを潰すことで無力化ができる。そのため、魔術師は魔術名の宣言に、自らが考えた固有名《ユニークネーム》を使用し、詠唱文や紋章を隠しやすい身体の位置に刻みたがる。

　もし、《繋鎖輪舞《チェイン・ロンド》》により絶唱者が魔力を得ている、という情報が公になれば、首輪を制魔輪《レストカラ》に替えられてしまうだろう。そうなれば、せっかく制限なく使える魔力に価値がなくなってしまう。

「ライアンとルナーラさん、おつかれさまー」

　ロルの声が聞こえ、二人は会話をやめた。《繋鎖輪舞《チェイン・ロンド》》の話を聞かれては元も子もない。

「二人とも追加で贖罪値が貰えたみたいだね。大丈夫だった？」

「あ、あぁ。俺が二度もへまをするわけないだろ」

「そ、そうね。私の魔石にも反応してきたけど、こうして無事よ」

　唐突に尋ねられ、二人は少し取り乱しながら答える。

「それは災難だったね……。私達も次から次に魔獣が来て、大変だったよ」

「ええ。他の方達より魔石が大きかったのでしょうか」

どうやら、ロルとメイディも同様に多くの探査狼から襲われたようだ。きっと、二人で行動していたというのも一つの要因だろう。

「でも、メイディのおかげで助かったよ。どんな魔獣でも一撃で倒しちゃうんだもん！」

ロルは余程感謝しているようで、メイディの腕に抱きつく。——その時、メイディの手に軽く力が入ったのをライアンは見逃さなかった。

「すいません、ロルさん。どうやら、魔力切れを起こしているようです……。部屋に戻ってもいいでしょうか？」

「あっ、ごめんね……。大丈夫？」

「はい。少し休めば治ると思います」

ロルが腕を離し、メイディは頭を抱えながら収監棟へフラフラと歩いていった。

「メイディが不安だから、私も戻るね……。じゃあ、二人ともまたね」

ロルは手を振りながら、メイディの後を追う。

その後ろ姿を、ルナーラは微笑《ほほえ》ましそうに見つめる。

「あの子は誰とでも仲良くなれるのね」

「あぁ、昔から分け隔てなく接する奴《やつ》だったからな」

いったいどんな環境で育ってきたらそんな性格になるのか、ロルは人類魔族問わず、ライアンのような絶唱者にも平等に優しく接する。

だが――

「でも多分、メイディはあいつを――」

そこまで言って、ライアンは口を閉じた。最後まで言えば、それが真実になってしまうような気がしたからだ。

＊

魔石探査狼の刑務作業を終えた夜、ライアンはベッドで横になりながら魔石を見つめていた。

魔石の表面には、五千二百の数字。

収監時に渡された百と、今日得た五千百の贖罪値の合算だ。一千万には程遠いが、それでも出所へ一歩踏み出したことに変わりはない。確実に自由が近づいていると思うと、口元がニヤけてしまう。

更に、ライアンは今日生まれて初めて魔術を行使した。魔術具のような道具に頼ったわ

けではなく、自らの口で詠唱してだ。あれだけの魔術を行使で
《冥闇色帝《アスモデウス》》を行使した瞬間が、今でも網膜に焼き付いている。あれだけの魔術を行使で
きる者は、アインズバーグはおろか、帝都にだってそうはいないだろう。まさしく、皇帝
候補に恥じない力だ。
「なにをニヤニヤと笑っているの……」
「うっ……！　べ、別になんでもいいだろ」
牢《ろう》の入口からルナーラに声をかけられ、ライアンは慌てて魔石をポケットにしまう。
ルナーラは向かいのベッドに腰を下ろし、ホッと一息をついた。
入浴を終えたらしく、長い銀髪を後ろでまとめ、頬には火照《ほて》ったようにほんのりと朱が
差していた。汗ばみ、少し湿っているせいか、このまま雪のように溶けて消えてしまいそ
うな儚《はかな》さを纏《まと》っている。
魔術が使えた、と浮かれていたが、それはルナーラが魔力を与え、コントロールしてく
れたからだ。魔族との協力関係に抵抗はあるが、ルナーラがいなければ、今のライアンは
ない。
ライアンの視線に気付いたのか、ルナーラの瞳にある銀色の魔石が、ライアンを捉えた。
「な、何を見ているのよ……」

ルナーラは入浴で赤くなった頬をライアンに向け、胸部を腕で隠す。

「いや、別に……。……ちょっと感謝しただけだ」

「なに？　よく聞こえなかったわ」

「たいしたことは言ってない！　気にするな」

ライアンはニヤけ笑いを見られた羞恥とは別の恥ずかしさを感じ、ルナーラから目を逸《そ》らした。

「さ、さて、明日も頑張らないとなぁ……」

気まずさに耐えられなくなったライアンはわざとらしく呟《つぶや》く。

「何を言っているの、倅《せがれ》。明日は休息日だから授業も刑務作業もないわよ？」

確かに、週に一日授業も刑務作業もない休息日があると監則に記載されていた。どうやら、それが明日だったらしい。

「じゃあ、一日何するんだよ」

少しでも早く出所したいライアンからすれば、贖罪《しょくざい》値を貯《た》められない休息日は邪魔でしかない。魔術の練習でもするべきだろうか。

「そうね……」

ルナーラは足を組み、思案する。

しばらくして、ルナーラは思いついたように、人差し指を立てた。

「なら、貴方《あなた》にこの監獄の楽しみ方を教えてあげるわ」

＊

囚人達のいびきが至る所から聞こえる、深夜。

ルナーラは部屋に唯一ある小さな窓の傍《そば》に立ち、その穴から射《さ》す月光に左手をかざしていた。

中指にはめられた指輪が自らを主張するように、月光を反射している。

《繋鎖輪舞《チェイン・ロンド》》で生成された指輪。ライアンとルナーラの間に魔力の経路を構築し、二人の関係を表す象徴だ。

思えば、遥《はる》か昔にアルバートと対峙《たいじ》した時も、彼はあらゆる部位に煌《きら》びやかな装具品をつけていた。きっと、《繋鎖輪舞《チェイン・ロンド》》で、何十人もの女性と魔力を共有していたため、豪奢《ごうしゃ》な格好となっていたのだろう。

月光を手で受けていると、ルナーラはアーム部分に詠唱文が刻まれているのを見つけた。

「……この指輪自体も魔術具というわけね」

指輪は魔力の経路を構築するための媒体としか考えていなかったが、詠唱文を見るに、この指輪自体にも何か別の魔術が宿っているらしい。しかし、詠唱文は途中までしか刻まれておらず、魔術として未完成だ。きっと、ルナーラとライアンの親交が深まるほど文字が刻まれていき、最終的には一つの魔術となるのだろう。

ルナーラが指輪を凝視していると、手の甲側から伸びる詠唱文に銀色と黒色があることに気付いた。黒色の詠唱文がほんの少ししか刻まれていないのに対して、銀色のものは既に掌側にまで到達しそうだった。

「まさか……、銀の文が私の好意を表しているの……？」

そう気付いた瞬間、心臓が大きく高鳴った。きっと詠唱文の銀と黒は頭髪の色を表しているのだろう。

ルナーラの仮説が正しいとするならば、それだけルナーラはライアンに惹《ひ》かれているということだ。

ルナーラ自身、魔族と人類が共存するのは望ましいことだと考えている。しかし、自分が人類《ライアン》に惹かれていく様を見せ付けられるのは、また別だ。

確かに、ライアンと接していると、感情が細かく揺れ動くのを感じる。認めがたいが、ロルとライアンのやり取りに嫉妬し、ライアンから抱き寄せられて胸が高鳴った。監獄にいるにもかかわらず、皇帝候補だと宣言する彼を見ていると、ルナーラも自身が闇月王《ムーント》であったという自負が戻ってくるようだ。

「…………」

ライアンのことを冷静に分析するほど、顔が熱くなるのを感じる。

ルナーラがライアンに協力関係以上の感情を抱いているのは、否定できない事実だ。

熱を逃がすように顔を振り、ルナーラはベッドにもぐった。

ルナーラの好感度はともかく、ライアンの詠唱文があまり進行していないのは問題だ。

ライアンもルナーラに好意を向けなければ詠唱文は完成しない。経路も構築されないのだ。

「むしろ、私から積極的にアプローチするべきかしら……」

想像しただけでも恥ずかしいが、私情はともかく、指輪の詠唱文が完成すれば、魔族と人類にとって偉大な一歩になる。

ルナーラはそんな未来を夢想し、瞼《まぶた》を閉じた。

第四章　商業棟

「やはり、このアルバートという男、素晴らしい逸材ねっ！」

——魔術暦九六八年。

闇月国《セレネール》にあるアーベンタル城の玉座で、ルナーラ・クレシェンドは賞嘆の声を張り上げた。

ルナーラの手元には、人類領から取り寄せた新聞紙。その一面には『大英雄アルバート、地鎮王《サトゥラ》を討つ』と大きく報じられていた。

情報によれば、先日、地鎮国《クロノリア》の王である地鎮王《サトゥラ》が大地を沈めることで黒壁《シュバルヴァルス》を突破し、人類領にある軍事国家ガルザゴに大規模な侵攻を行ったらしい。

突然の奇襲にガルザゴは陥落させられかけたが、アルバートが駆けつけたことで戦局は変わり、最終的にはアルバートが地鎮王《サトゥラ》を討ち取ったそうだ。

「人類の身でありながら、どうやって七大王の一角を倒したというの……」

ルナーラは呼吸も忘れて、想像を膨らませる。

しかし、どのように思考を巡らせても、魔力量で遥かに劣る人類が、七大王の一人を倒したなんて考えられなかった。何かしらの小細工をしたのは間違いないが、それでも、あの地鎮王《サトゥラ》に勝るとは思えない。

「ルナーラ様、また人類共が書いたものを読まれているのですか?」

家臣の一人であるアリゴア・ジャルバスが怪訝《けげん》な目付きをルナーラに向ける。

「そんな紙切れは人類共の出任せです。信用に値しません」

アリゴアは、ルナーラの父親である二代目闇月王《ムーント》から仕えているが、ルナーラと違い、人類に対してあまり良い印象を持っていない。

「アリゴア、情報というのは多面的に見て初めて価値が生まれるのよ。――それより、会談の知らせは送ったのかしら」

「……はい。ルナーラ様がお書きになられた手紙を、人類領の三大国家に送付致しました」

「ご苦労様。もうすぐ魔族と人類にとって最初の一歩が踏み出されるのね」

ルナーラは直前まで迫った未来を夢見て、口角を上げた。

数ヶ月後、三代目闇月王《ムーント》であるルナーラは人類と友好関係を築くため、ホーデガンの洞窟で会談を開く。

ルナーラが知る限り、魔族が人類から独立してから約三百年間、二つの種族が会談の席についた記録はない。

当然反対の声も少なくないが、魔人再統一を掲げるルナーラにとって、なくてはならない最初の一歩だ。

「しかし、最初の会談でルナーラ様が出席する必要はないかと……」

「それは違うわね。まずは私が歩み寄る誠意を見せないと、人類側も警戒が解けないでしょう？」

アリゴアの指摘はもっともだ。しかし、人類からすれば敵対している種族から急に友好関係を築こうと持ちかけられているのだ。まずはルナーラ達に悪意がないことを示さなければ、話し合いもできない。

「楽しみで、今から身が震えるわ……」

ルナーラは自らの肩を抱く。もうすぐ、魔族と人類を再統一させる、というルナーラの夢が動き出す。もしかしたら、会談の場にアルバートも出席するかもしれない。そうしたら、地鎮王《サトゥラ》をどうやって討ち取ったのか尋ねるのだと、心を躍らせた。

＊

「で、何なんだよここは……」

翌日、ルナーラに連れ出されたライアンは、目の前に広がる光景を呆《あき》れた目付きで見ていた。

収監棟とも校舎とも違う、煌びやかな建物。

訪れる囚人達は皆楽しそうな笑みを振りまき、中には私服を着ている者までいる。

「何だもなにも、商業棟でしょう？」

アインズバーグ監獄学院は五つの収監棟が星形に配置されており、その中心に位置するのが商業棟である。

商業棟は刑務作業後と休息日にのみ開かれ、棟内には飲食店をはじめとした商業施設が入っている。

名目上は、囚人が社会復帰した際の職業訓練施設として建てられたものだが、どこの組織からも拾われずに刑期を終えた者の大半は、まともな仕事に就けていない。そのため実際は、囚人の息抜きとストレス発散に利用されている施設だ。

「今日はここで貴方に……、って、どこへ行くの、倅？」

「どこって、帰るんだよ」

収監棟へ戻ろうとするライアンだったが、ルナーラに引き留められた。

商業棟は入場だけでも千の贖罪値《しょくざい》を消費する。贖罪値を多く貯《た》めたいライアンにとって、浪費は敵だ。

「休養は大事なのよ？　何なら入場料は私が払ってもいいわ」

「悪いが、遊びより魔術の練習がしたいんでな」

昨日、ルナーラと《冥闇色帝《アスモデウス》》を行使したとは言え、ライアンは魔力の込め方すら習得していない。少しでも早く一人で魔術を行使できるようになりたいのだ。

しかし、後ろから引っ張られ、ライアンは足を止める。振り返れば、ルナーラがローブを摘《つま》み、上目遣いでライアンを見つめていた。

「……少しくらい、いいでしょう？」

恥ずかしさを押し殺すように唇を歪《ゆが》め、眉をひそめるルナーラ。そんな顔を向けられて断れるほど、ライアンも強情ではない。

「……あぁもう、分かったよ」

「本当？」

「どうせお前がいないと、まともに魔術の練習もできないしな。今日は経路の構築を優先する」

魔術を練習しようにも魔力が必要だ。その魔力を得るにはまず、ルナーラと仲良くなるしかない。そう自らを納得させたライアンは、ルナーラに手を差し出した。

「約束通り、入場料はお前が払えよ」

「それはいいけれど。……何よ、その手は」

「身体《からだ》を接触させた方が魔力を共有させられるんだろ? なら、少しでも触れ合ってた方が効率的だ」

ルナーラは、まさかライアンの方から手を差し出されると思っていなかったのか、目を丸くしてライアンの手を見下ろしている。

「……ほら、早くいくぞ」

「ちょ! ま、待ちなさい!」

いつまでも繋《つな》ごうとしないルナーラの手を、ライアンは強く握る。

接触したことにより、一層強くルナーラの魔力が流れ、ライアンは身体が火照《ほて》るのを感じた。しかし、たとえルナーラの魔力が流れていなくても、ライアンの感情は変わらなかっただろう。

商業棟の中はたまの休日を楽しむ囚人達で溢《あふ》れかえっていた。

商業棟は飲食、雑貨、遊戯の三エリアで構成されている。ライアン達のいる飲食エリアでは、酒場から甘味処《かんみどころ》まで幅広い店が並び、様々な食べ物の匂いが混ざりあっていた。

「い、いつまで繋いでいる気？」

ルナーラは自由な手で口元を隠しながら、繋がれた手を視線で示す。

「経路の構築を優先するって言っただろ」

「だからって、こ、こんな人目のあるところじゃなくても……」

絶唱者と魔族が手を繋いでいるなんて、見世物《みせもの》もいいところである。人の目が気になるのはライアンも同じだ。

「俺だって恥ずかしいんだ。……でも、出所のためなら手段を選ばないって決めたんだよ。分かったらお前も少しは我慢しろ」

「……そうね」

ルナーラはライアンの言葉に思うところがあったのか、意を決すように小さく息を吐くと、冷静な面を被《かぶ》る。

「私も、自分の目標のために恥ずかしがってはいられないわ……」

ルナーラは髪を翻《ひるがえ》し、不遜な態度でライアンの隣を闊歩《かっぽ》する。……しかし、ルナーラの魔力はこれまでにない程に、ライアンの中で暴れまわっていた。外側は統制できても、感情まではコントロールできないらしい。

ライアンは飲食エリアの店を見て、気を紛らわせる。

何も買うつもりはなかったが、食堂ではまずお目にかかれない、料理や嗜好《しこう》品を見ると、食欲がそそられてしまう。

「久しぶりに来たけれど、楽しいところね」

「そっちが誘ったくせに、あまり来ないのか？」

「収監されてすぐの頃は、人類の文化を見るために何度か足を運んだけど、大抵面倒な輩《やから》に絡《から》まれるから」

アインズバーグにある五つの棟を合計しても、魔族の囚人は三割にも満たないらしい。

そんな環境で魔族が商業棟を闊歩すれば、目の敵《かたき》にされるのは当然だ。

その時、隣を歩いていたルナーラがピタリと足を止め、ライアンが後ろに引っ張られる。

「おい、どうしたんだよ！」

ライアンは、ルナーラの手を引っ張る。が、ルナーラは首を横に向けたまま、時が止まってしまったかのように固まり、一点を凝視していた。

何事かと、ライアンはルナーラの視線と同じ方向を見る。

そこには、ショーケースに並んだいくつものケーキ。蜂蜜やチョコレートでコーティングされ、見ているだけで口に甘みが広がってきた。

「倅《せがれ》！　何よこれ……」

ルナーラは瞳を丸くして。ライアンに問う。

「何って、見たまんまケーキだろ？」

「これが、人類のケーキなの……？」

ルナーラは目を何度も瞬《まばた》かせながら、ショーケースに顔を寄せる。

「なんだよ、魔族領にはケーキもないのか？」

「ば、馬鹿にしないで！　魔族にもケーキくらいあるわ。……ただ、私の知っているものとは随分見た目が違う。私の知るケーキは、もっと不格好でパサパサしていたわ。……言ってしまえば、少し甘いパンね」

ルナーラの喉がゴクリと鳴る。もはや、彼女の視界には色とりどりの三角の塊しか映っていなかった。魔力が流れてなかったとしても、ルナーラの考えていることが分かる。

「食べたいのか？」

「な、なにを言うの！　私は魔族の王よ？　け、ケーキなんて、食べたいはずないでしょう？」

ルナーラは慌てて否定したが、目線は一瞬たりともショーケースの甘味から離れていなかった。

「ま、まぁでも、倅がどうしても食べたいというなら、付き合ってあげてもいいわね」

すまし顔で胸を張る、ルナーラ。それでも薄目でケーキの方を見つめていた。

「……仕方ないな、入るか」

「そ、そうね。倅がそういうなら、せっかくだし、人類のケーキを味わいましょう」

ルナーラはライアンの手を力強く引っ張り店に入ろうとする。しかしその直前、ショーケースに並んだ値札を見て、ライアンは足を止めた。

「いや、やっぱり待て！」

「な、何故《なぜ》、今更止めるの！」

「よく見ろ」

色とりどりのケーキの横には、二千という数字が据えられていた。つまり、ケーキ一切れに二千の贖罪値を払え、ということだろう。

「こんな菓子に大事な贖罪値を二千も払えるかよ！」

「うぅ……、け、けれど倅、見てみなさい。こんなに甘そうなのよ？　柔らかそうなのよ？　舌に載せただけで消えてしまいそうでしょう？」

仕方なく食べに入るという演技はどこにいったのか、ルナーラは餌を欲しがる子犬のように目を潤ませる。

ケースに並んだそれらは、まるで色とりどりの宝石のように自らを主張しており、ライアンの口内を唾液で満たす。

思えば、帝都で捕まってから、まともな甘味を摂《と》っていなかった。しかし、二千の贖罪値は安くない。昨日の刑務作業で五千の贖罪値を稼いだライアンでも躊躇《ちゅうちょ》してしまう。

しかし、出せない額ではないのも事実だ。

「分かった……。入ろう」

ライアンは瞼《まぶた》を強く閉じて、浪費を受け入れる。

「だが、条件がある！」

苦肉の策だが、ライアンはルナーラに一つの提案をした。

落ち着いた雰囲気の店内は九つのテーブルが並んでおり、その多くに女性の囚人達が座っていた。所々から談笑が聞こえ、監獄とは思えない甘い匂いと優しい空気が満ちている。

そんな中、ライアンとルナーラは隅の席で向かい合わせに座り、メニューに目を落としていた。

まるで宝物を見るようにキラキラと瞳を輝かせるルナーラ。

ふと、人目を気にせずメニューを見つめていたと気付いたのか、ルナーラはコホンと咳《せき》払《ばら》いを一つし、ライアンへメニュー表を向けた。

「倅が食べたいというから入ったのだもの、貴方《あなた》が選んでいいわ」

「いい加減その演技やめたらどうだ?」

「え、演技じゃないわよ!」

頑《かたく》なに認めようとしないルナーラをよそに、ライアンはメニューへ目を落とす。が、チラリチラリと主張するルナーラの視線と魔力で、彼女が何を食べたいのか明白だった。

「じゃあ、俺はこれだ」

「奇遇ね! 私もちょうどこのチョコレートケーキを食べたいと思っていたわ」

ルナーラがご機嫌な様子で目を細めて店員を呼ぶ。

すると、可愛《かわい》らしいエプロンとフリルのスカートを纏《まと》った店員が席に近づいてきた。

「あれ? ライアンとルナーラさん?」

「あっ……! き、奇遇ね、ロル・タンセル。職業訓練かしら?」

まさか、知り合いと会うとは思っていなかったのか、ルナーラは緩くなっていた表情を慌てて整える。

「うん！　制服が可愛いから、ここのお手伝いをしてるんだ」

ロルは自慢するように、その場でクルリと一回転してみせ、短い髪とスカートがフワリと舞った。普段は囚人服しか着用できないため、職業訓練の制服でも数少ないオシャレの機会になるのだ。

「いいじゃないか。似合ってると思うぞ」

「ホント？　ありがとう、ライアン」

ロルは嬉《うれ》しそうに、頬に両手を当てる。

「二人とも、今日はデート？」

「そ、そうね……。デートと言えるかもしれないわね」

ルナーラは恥じらいを押し殺すように、堂々と胸を張る。

その様子がおかしかったようで、ロルはクスリと笑みをこぼした。

「ごめんね、からかって。それでご注文は？」

「そうね……、このチョコレートケーキをお願いするわ」

ルナーラはあまり興味がないような顔でメニュー表を指した。

「二人ともチョコレートケーキでいいかな？」

「いや、一つでいい。贖罪値《しょくざい》に余裕がないから、俺とルナーラで分けることにした」

一つのケーキを二人で分ければ、贖罪値の出費が半分で済む。それが、ライアンの提案した苦肉の策だった。

「へー、やっぱり二人は仲良しだね！　……じゃあ、少し待っててね」

ロルは厨房《ちゅうぼう》へ行くと、すぐにチョコレートケーキと二つのナイフとフォークを持ってきた。

「はい、お待たせしました。……ちょっと大きめのやつを選んでおいたよ」

内緒話をするように人差し指を唇に当て、ロルは二人の席から去っていく。

ルナーラは口を大きく開け、両手で頬を支えながらケーキを見つめる。しばらくしてハッと顔を上げると、恥ずかしそうに咳払いをした。

「あ、貴方が切って、私が選ぶことにしましょう。そうすれば公平だわ」

「任せろ。きっちり半分にしてやるよ」

ライアンはナイフとフォークを手に持ち、刃を慎重にスポンジへ落とす。大きさに明確な差ができると、不利になるのはライアンだ。贖罪値を消費した以上、ライアンもできるだけ多く甘味を感じたい。

しかし、柔らかいケーキを分けたことなんてない。ナイフが上手《うま》く通らず、結果として、小さな三角形と大きな台形のケーキが一つずつできてしまった。

「………貴方、阿呆《あほう》なの？」

心底呆《あき》れたように、ルナーラはため息を吐《つ》く。

「仕方ないだろ！　誰かと食べ物を分けるなんてしたことないんだよ！」

「それにしたって、もっと上手にできたでしょう……」

クスリと微笑を浮かべるルナーラ。まるで、子を慈《いつく》しむ母親のような、慈愛に満ちた目をしていた。

「じゃあ、約束通り私が先に選ぶわよ」

そう言うと、ルナーラは明らかに小さい三角形のケーキを取った。

「……いいのかよ」

「知らないの？　甘味は尖っている方に集まるのよ？」

「それは苺《いちご》だろ？」

「何故ケーキは違うと言いきれるのかしら？」

ルナーラはケーキの先端をフォークで掠《かす》め取ると、口に運ぶ。

その瞬間、まるで口内で爆発が起きたように、ルナーラは頬に両手を当て、瞳を丸くした。感動しているのか、驚きで喉の筋肉も動かないのか、泣きべそをかくように何度も顎を上げる。

「甘い……！」

ようやく欠片《かけら》を飲み込んだルナーラは、口元を手で押さえながら呟《つぶや》いた。まるで、溢《あふ》れ出そうな歓喜を押し殺しているように、全身が小さく震えている。

「私が今まで食べていたケーキは、これと比べれば土のようなものね……！」

ルナーラは嬉しそうにフォークをケーキに刺し、どんどん口に運んでいく。マナーも行儀もなく、まるで子どものようだ。

ライアンはそんなルナーラを見ながら、台形のケーキをフォークで切り取った。口に入れると、久しく感じていなかった刺激が舌に広がり、全身の力が自《おの》ずと抜けてしまう。それで身体《からだ》にスイッチが入ったのか、ライアンは機敏にフォークを動かし、どんどん皿からケーキが消えていく。

ふと視線を上げれば、ケーキを食べ終えたルナーラが、ライアンの方をジッと見つめていた。ライアンの皿にはまだ一欠片ケーキが残っている。

「言っておくが、やらないぞ？」

「誰も欲しいとは言っていないでしょう？　さぁ、さっさと食べてしまいなさい！」

ルナーラは興味なさげに身体を横に向ける。だが、口ではそう言いつつも、目線はライ

アンの手元にあるケーキの欠片を見つめていた。

「はぁ……」

ライアンは仕方なく、ケーキの残った皿をルナーラへ押し出す。

「分かった、お前にやるよ」

「……いいの？」

「元々お前が食うはずだったしな」

「感謝するわ……！　倅《せがれ》！」

ルナーラは心底嬉しそうに笑顔を弾ませ、フォークを取ろうとする。が、手を滑らせ、床に転げ落ちてしまった。

「あっ……」

幸福の絶頂のような顔が一転、ルナーラは口を大きく開けたまま固まってしまった。

ライアンはため息を吐くと、自身のフォークでケーキを刺し、ルナーラへ差し出す。

「ほら……、食えよ」

「な……！　私にそれで食べろというの？」

「落ちたやつよりは汚くないだろ」

「それはそうでしょうけど……」

ルナーラはちらりと店内を見回す。店員であるロルは接客中で当分空きそうもない。ただでさえ目を引く二人組で、その一人がケーキを食べさせようとしているのだから、尚《なお》のこと視線を集めていた。

「わ、分かったわよ」

ルナーラは髪を耳にかけ、顔をライアンに突き出す。

綺麗《きれい》に生え揃《そろ》った歯と、真っ赤な舌、口蓋垂まで丸見えとなった顔を見て、ライアンは不覚にも心臓が高鳴るのを感じ、急にとてつもない羞恥心に襲われた。

カチリと、歯に金属が当たり、ルナーラは顔を引き戻す。口元を手で隠して何度か咀《そ》嚼《しゃく》し、細い喉が小さく動いた。

「おいし……かったわ。……さっきより」

ルナーラは目を逸《そ》らし、口元を隠したまま呟く。

一連の動作を間近で見ていたライアンは、心臓の鼓動のせいで、彼女の声が上手く聞き取れなかった。

「じゃあ、二人ともまたねっ！」

ロルに見送られながら、ライアンとルナーラは店を出る。

「なかなか良い経験だったな」

「そう……ね」

久しぶりの甘味にライアンが満足していると、ルナーラが顔を紅潮させながら、手の甲を差し出した。

「……なんだよ」

「できるだけ接触するのでしょう？　なら、また手を繋《つな》ぐわよ」

「お、おう。そうだな」

今度はルナーラから言われると思わず、ライアンは一拍遅れて彼女の手を取った。

魔力を得るためと納得していたが、ライアンはルナーラをただの協力関係と割り切れなくなっているのを感じた。

「クソ……」

ライアンは頭を振って、邪念を払う。魔力を得るためとはいえ、ルナーラは魔族。母を殺《あや》めた種族の一人だ。そんな存在に心を開きそうになっているなんて嫌気がさす。

「どうかしたの、倅」

「いや……、中途半端《ちゅうとはんぱ》に食べたせいでむしろ腹が減った」

ライアンは気を紛らわせるように、腹をさする。

「それもそうね……」

ルナーラはそう呟くと、露店が集まっている方へライアンを引っ張っていく。

網の上で焼かれる肉。香ばしい匂いが漂い、食べ物の焼ける音が間近で弾《はじ》けている。五感の三つが強烈に刺激されれば、取り残された味覚と触覚も自ずと刺激を欲《ほっ》する。

時刻はちょうど昼時。ケーキを入れたことで、かえって胃は活発に動いており、食欲という名の暴れ馬は今更止めることなんてできない。

「さぁ、貴方《あなた》は何が食べたいかしら。特別にご馳走《ちそう》してあげるわ。貴方は少しでも贖罪値を貯《た》めたいでしょう？」

ルナーラは、贖罪値の貯まった魔石を見せつける。ご馳走してくれるのは有り難《がた》い話だが、ルナーラばかりに借りを作るのも癪《しゃく》だった。

「お前ばっかに借りを作れるかよ。入場料の分、今回は俺が払う」

「それは有り難い提案だけれど、贖罪値は貯めなくていいの？」

「皇帝ってのは施す側だ。奢《おご》られてばかりじゃ立つ瀬がないからな」

ライアンの提案が意外だったのか、ルナーラは口をポカンと開ける。

「……そう。貴方がそう言うなら、ご馳走してもらおうかしら」

ルナーラは髪を指で絡《から》めながら、照れるように伏目で呟いた。

ライアンはルナーラの手を引き、露店を物色する。

見たところ、どの屋台も三百から五百程度の贖罪値《しょくざい》で売られている。

安い出費ではないが、ライアンも贖罪値を消費することでルナーラと対等にこの時間を楽しみたいと思えたのだ。


「……おかしい！」

ライアンは両手いっぱいに食べ物を抱えながら叫ぶ。

最初は屋台で一、二品購入して終わるつもりだった。しかし、暴れだしたライアンの食欲はその程度で収まらず、気付けば二千の贖罪値を食べ物と交換していたのだ。

「身体が栄養を求めていた、ということでしょう。必要な出費だと割り切るべきね」

ルナーラは冷静な分析をしながら、両手に何本も串焼きを持っていた。その表情はお湯でよく茹《ゆ》でられたようにほころんでおり、とても楽しそうだ。

せっかくならば、景色の良いところで食べようというルナーラの提案で、ライアンとルナーラは一度商業棟から出ると、その傍《かたわ》らにある時計塔へ向かっていた。ルナーラ曰《いわ》く、頂上からの眺めが素晴らしいそうだ。

「うっ……」

時計塔の中に入る直前で、ルナーラが呻《うめ》き声を漏らす。

「どうしたんだ」

「いえ、何でもないわ……。悪いけれど先に登っていて」

ルナーラは串焼きをライアンに渡すと、小走りでどこかへ駆けていく。

「おい！　大丈夫かよ！」

「トイレよっ！　貴方も少しはデリカシーを持ちなさい！」

ルナーラは怒鳴りながらトイレへ走って行った。

待っていても仕方ないので、ライアンは時計塔の中に入ると頂上へ続く階段を登っていった。

＊

「ふぅ……」

用を足したルナーラは安堵《あんど》の息を吐いて、トイレから出る。

時計塔近くのトイレは、収監棟のものと比べて清潔なので、ルナーラのお気に入りだ。

ルナーラは来た道を戻る。ライアンを待たせているのだ。急がなければならない。

左手にはめた指輪に目を落とすと、ルナーラの好感度を表す銀色の詠唱文がもうすぐ一周してしまいそうだ。……先日見た時より明らかに進んでいる。

「それだけ、私は倅に惹《ひ》かれているの……？」

しかし、ライアンの好意を表す黒色の詠唱文は、指の側面で止まっている。昨日より進んでいるとは言え、ルナーラの予想よりも遅い進行だ。

ルナーラは積極的にアプローチをしようと決めていたが、どうしても羞恥心が勝ってしまう。経路構築のことを忘れて子どものようにはしゃいでしまう。そしてライアンにペースを握られてしまうのだ。手を繋いだり、ケーキを食べさせられたりと、今思い出しても、顔から湯気が噴き出そうである。

「口付けまでしたのに、何を今更恥ずかしがるの……！」

ルナーラは自らに問いかける。

そもそもが口付けから始まった関係だ。手を繋いでデートをするなんて、今更恥ずかしがることではない。しかし、あの時のルナーラはライアンを純粋に協力者として見られていた。親睦を深めた今とは状況が違うのだ。

ルナーラは荒くなっている呼吸を落ち着け、冷静な思考に切り替える。

予想より遅いとは言え、ライアンの詠唱文も刻まれてはいるのだ。

あと少しで、経路が完全に構築される。あとほんの少しで、ルナーラの夢がやっと一歩踏み出せる。しかし、これ以上詠唱文を進めるには、ライアンの魔族に対する嫌悪《けんお》感を取り除かなければならないだろう。

「――魔石を全部買っていくっていうのか？」

「あぁ、ボスから言われてるんだ」

その時、ルナーラの耳に、男達の声が届いた。

声は時計塔の裏側から聞こえており、明らかに表立ってするような会話ではない。

不審に思ったルナーラは、気付かれないように声の方へ忍び寄り、建物の角からチラリと顔を覗《のぞ》かせる。

そこには二人の男がいた。片方は初めて見る顔だが、もう一人はアーサー・エルデロの部下をしている囚人だ。

「アンタのボスっていうと、第三棟のエルデロか。アンタら、魔石の密入ビジネスで稼いでるんだろ？　なんで俺みたいな第二棟の売人から買う必要がある？」

「どうだっていいだろうが。それで、売るのか、売らないのか？」

「そりゃぁ、売るけどさ。相場の二倍も出してくれるなら、文句はない」

売人の男はローブの懐《ふところ》から大きく膨らんだ布袋を取り出す。会話の流れからして、あの中に大量の魔石が入っているのだろう。

「交渉成立だな。――《二十万の贖罪値を譲渡する》」

アーサーの部下は袋の中身を確認すると、ポケットから銀色の魔石を取り出す。

部下と売人の魔石が同時に銀色の光を放ち、贖罪値の譲渡が行われた。

「まいどありー。贖罪値二十万、確かに受け取ったよ。――どっかの棟に戦争ふっかけるつもりかもしれねぇけど、第二だけはほっといてくれよなー」

「ふん、それじゃあな」

アーサーの部下は魔石の入った布袋をローブの中に隠し、踵《きびす》を返した。

ルナーラは慌てて時計塔の中に入り、男に見つからないようやり過ごす。

「何を企《たくら》んでいるの、アーサー・エルデロ……」

アーサーは魔石の密入を仕切っているため、使うには困らないだけの魔石を持っているはずだ。仮にその貯蓄が尽きたとしても、わざわざ相場の二倍も払って売人から購入する意図が読めない。

売人の男が言うように、どこかの棟に戦争を仕掛ける気だろうか。数ヶ月前に第五棟が第四棟との抗争の末、大量の贖罪値を使って統合されたばかりだ。有り得ない話ではない。

ビジネスの拡張、他の棟との抗争……、等々様々な予想がルナーラの脳裏に浮かぶ。が、そのどれにも合理的な理由を見いだせない。

ただ一つ分かるのは、近いうちに面倒なことが起きる、ということだけだった。

＊

老朽化した階段を登り、時計塔の頂上へ出ると、柔らかな陽射しと風がライアンの身体《からだ》を撫《な》でていった。

「これは……凄《すご》いな」

ライアンの口から、思わず詠嘆が零《こぼ》れる。

時計塔の頂上は展望台のように開けており、アインズバーグ全体はもちろん、遠くには帝都のミナドリア城、ガルザゴとの国境であるブラン山まで一望できた。

「──ええ、疑わ──せんよ。はい、では明日──うりに、ア──様」

ふと、展望台の隅から少女の声が耳に届いた。風で所々聞こえないが、誰かと話しているようだ。

会話が終わったようで、足音がコツコツと近づいてくる。しかし、その足音はどう聞いても一人分しかない。

展望台の陰から現れた何者かは、ライアンの姿を見るなり、足を止めた。

「っ！　ライアン・レランダード！……ですか」

ライアンの前に現れたのは、ロルと同室のメイディ・エクレール。

驚愕《きょうがく》で目を見開いており、口元はフェイスベールで見えないが、きっと歯をかみ締めていることだろう。

「よう、誰かと話してたのか？」

ライアンが尋ねた瞬間、メイディの肩に止まっていた紫色の鳥が飛び立つ。

はっきりとは見えなかったが、伝言鳥の一種だろう。ということは、メイディは遠方の誰かとやり取りをしていたということだ。

「……盗み聞きですか。感心しませんね」

メイディは苛立《いらだ》ちを隠さず、ライアンを睨《にら》みつける。

「いや、今来たところだ。話してる内容は聞こえなかった」

「……そうですか。なら、良かったですが」

口ではそう言うものの、メイディは苛立ちと疑念のこもった視線を向け続けてくる。

「それ、一人で食べるんですか？」

メイディはぞんざいにも、顎でライアンの抱える食べ物を指した。フェイスベールが顎に引っ張られ、唇の輪郭が浮かび上がる。

「いや、ルナーラとな」

「へぇー、魔族と人類なのに仲がよろしいんですね」

「いや、別に仲がいいっていうわけじゃないが、……まぁ、同室の付き合いだ」

否定しようとしたが、傍《はた》から見ればライアンとルナーラは仲がよく見えるだろう。《繋鎖輪舞《チェイン・ロンド》》のことを考えると、勘違いしてもらった方が好都合だ。

「ふぅーん、そうですか」

メイディは自分から聞いてきたにもかかわらず、興味無さげに頷《うなず》いた。

何故《なぜ》か昨日会った時と、メイディの態度が大きく異なっている。

ロルといたメイディは大人しそうで真面目な印象を受けたが、今目の前にいる少女は、ぞんざいで横柄な雰囲気を纏《まと》っている。顔の似た別人と言われた方が信じられるほどだ。

「私見てましたよ、ライアンさん。収監された日にルナーラ様を助けましたよね」

「あ、あぁ、まぁな」

「私もアーサー・エルデロには凄くイライラしてたので、とてもスッキリしましたよ。でも——」

メイディはライアンへ歩み寄り、そっと彼の耳元へフェイスベールを近づけた。突然接近され、ライアンの心臓が早鐘を打つ。

「――外にいた時と随分態度が違いますよね。差別主義者のくせに」

「……っ！　お前、何で外での俺を……？」

ライアンはメイディを問い詰めようとする。が、次の瞬間瞳に鋭い痛みを受け、瞼《まぶた》を閉じてしまった。

「くっ！」

心臓が痛いほど脈打つ。今すぐにでもメイディを問いただしたい。

瞼を開くと、そこにメイディの姿はなかった。まるで最初から誰もいなかったかのように、ライアンだけが展望台に立ち尽くしている。

「何を突っ立っているの、倅《せがれ》」

少しして、ルナーラが展望台へ顔を出す。

「なぁ、ルナーラ！　登ってくる時、誰かとすれ違わなかったか？」

「……階段では誰とも会っていないわね。一応、外で魔石の取引は見かけたけれど。――何かあったの？」

地上からこの展望台へは一本の階段しかない。もし本当にメイディがいたのなら、どこかですれ違うはずだ。――もしかしたら、本当に幻覚や夢だったのかもしれない。

「いや……、何でもない。早く食べようぜ」

「……そう。ならいいけれど」

　ライアンは何事もなかったように振る舞い、一脚だけあるベンチへルナーラと並んで腰を下ろした。

「いい景色だと思わない？」

　ライアンとルナーラは露店で買った食べ物をつまみながら、時計塔からの眺めを楽しんでいた。

　爽やかな風とどこまでも見渡せる眺め、何より人が寄り付かないのでとても静かだ。ルナーラが気に入るのも頷ける。

「あぁ、俺の城も見えるしな」

「貴方《あなた》、お城を持っていたの？」

「ほら、あそこにあるだろ」

　ライアンは串焼きを噛《か》みちぎりながら、顎で現皇帝が住むミナドリア城を指す。

「俺が皇帝になれば、あの城も俺のものだろ？」

　ライアンは冗談で言ったつもりだった。収監された時点で皇帝候補の資格は剥奪されているはずだ。しかし、ルナーラは儚《はかな》げな視線でライアンを見ていた。

「私にも、そんな大きな夢があったわ」

ルナーラは懐《なつ》かしむように自嘲し、遥《はる》か先を指し示す。そこには黒色の壁が聳《そび》えていた。

「見えるでしょう、倅」

エタリオンの国土と魔族領の境に沿って建てられたそれは、見逃しようもないほど巨大で、何ものにも染まらぬと主張するように純黒だった。

「黒壁《シュバルヴァルス》か……」

――黒壁《シュバルヴァルス》とは、魔族が人類領に侵略できないよう建てられた巨大な壁だ。

その主成分である絶唱石は絶唱者の語源ともなった結晶で、魔力を一切宿さず、抑制するという特殊な性質から、制魔輪《レストカラ》にも使用されている。

魔族が、大規模な侵攻を行えないのも、あの壁が人類領と魔族領を隔てているからだ。

体内魔力を多く有する魔族は、絶唱石からの反発が強くて近づくこともできず、魔力の少ない者は運良く壁を越えたとしても、その程度の魔力では壁の衛兵に倒される、という仕組みだ。

「私はね、あの壁を取り払ってしまいたかった」

「急に物騒なこと言うなよ……」

「別に人類領を侵略したいという話ではないわ。ただ、あの壁は魔族と人類を隔てる象徴だと思うの」

ルナーラは夢でも見るように瞳を輝かせる。

「私は、魔族領と人類領を再統一し、二つの種族が共に暮らせる世界をつくりたい。それには黒壁《あれ》が邪魔になる。あんな壁で領土を隔ててしまうから差別が助長され、いつまでもいがみ合うのよ」

「一理あるかもな。……だが、そう簡単な話じゃないだろ」

人類は魔族を嫌っているし、魔族は人類を怨《うら》んでいる。何百年と続いてきた歴史が、二つの種族に根深い負の感情を形成している。

仮に黒壁《シュバルヴァルス》がなくなったとしても、魔族が嬉々《きき》として人類領へ攻め込んでくるだけだ。関係が良くなるどころか、片方の種族が消えるまで争いが続くだろう。

「そうね。だから今すぐ壁を取り払えるとは思わない。魔族と人類が友好関係を築けると人々に気付かせる必要がある。——その最初の一歩が、倅と私よ」

ルナーラは恥じらいながらも、しっかりとライアンを見据える。

「なんで急に俺が出てくるんだ」

眉をひそめるライアンに、ルナーラは指輪を見せつけた。

「《繋鎖輪舞《チェイン・ロンド》》は倅と私の関係を表す象徴よ。もし、経路が完全に構築されれば、魔族と人類が共に歩めることの証明になると思わないかしら？」

「じゃあお前、それが目的で俺と協力関係になったのか」

「そうね。貴方といたら、また夢を見てみたくなったの」

先程の儚げな表情は何処《どこ》へ消えたのか、ルナーラは瞳を炯々《けいけい》と輝かせ、得意げに笑う。てっきりルナーラも出所するのが目的だと思い込んでいたが、彼女なりの野望を秘めていたらしい。

「俺の目的はあくまで、アインズバーグから脱出することだからな。お前の理想に付き合うつもりはないぞ」

「分かっているわ。けれど、出所したらどうするの？」

「決まってるだろ？　俺に罪を擦《なす》り付けた奴《やつ》を見つけて償わせる」

「悪くない目標ね。でも、復讐《ふくしゅう》に一生を費やす気はないでしょう？　その後はどうする気かしら？」

「その後……？」

ライアンは眉をひそめた。まだ出所の目途も立っていないのに、真犯人を捕まえた後のことなど想像できない。しかし、いつか必ずその時が訪れるはずだ。

収監される前のように次期皇帝を目指すのだろうか。

しかし、絶唱者だと明るみに出た以上、誰もライアンを皇帝にしたいとは思わない。そもそも皇帝はザケルから与えられた目標だ。縋《すが》るように自分は皇帝候補だとのたまっているが、今更追いかける理由もない。

ならば、どこか他の国で髪を隠して生きていくのだろうか。ライアンの実力ならば賞金稼ぎとして生計を立てられるだろう。そうなれば、皇帝候補として活動していた頃のように皆から認めてもらえるはずだ。しかし、収監前と変わらぬ生活を想像しているはずなのに、全く心が躍らなかった。

考え込んでいるライアンを見て、ルナーラは鼻を鳴らす。

「明日にでも出所できるわけではないし、ゆっくり考えればいいわ。もし、何も思いつかなければ私の夢を半分持たせてあげる」

堂々と胸を張るルナーラ。しかし、彼女から流れる魔力は明らかに緊張を帯びている。

「言っておくが、俺は人類と魔族の共存になんて興味はないぞ」

「英雄の息子で、皇帝を目指していた貴方には相応《ふさわ》しい目標だと思うけれどね。貴方《アルバート》の父親はもちろん、この世の誰も果たせていないのだから」

ライアンからすれば、人類と魔族の共存なんて御伽噺《おとぎばなし》のようなものだ。実現するとはお世辞にも思えない。しかし、誰も果たせていないという言葉が妙に耳に残っていた。

＊

昼食を食べ終えたライアンとルナーラは商業棟に戻ると、雑貨エリアに足を運んだ。

雑貨エリアは日用品を始め、アインズバーグ公認の魔石や魔術具が購入できる。飲食エリアほどではないが、歩くのに苦労する程度には賑《にぎ》わっていた。

「ここには何の用があるんだ？」

「購入したい魔術具があるのよ」

ルナーラはそう言って、近くにあった魔術具店に入る。

ドアベルが鳴り響き、店の奥にいた老店主が軽く会釈《えしゃく》をした。制魔輪《レストカラ》を付けていないのを見ると、外部から出張してきた人間だろう。

暗い店内には、色とりどりの魔石が並んでおり、その横には十万や二十万と書かれた値札が置かれている。いかにアインズバーグが魔石の使用を抑止したいか分かる値段設定だ。

「《伝達魔術《でんたつ》》の魔術具はあるかしら？」

「ええ、ありますよ。イベルト式とコリダ式、どちらがよろしいですか？」

「イベルト式でお願いするわ。声さえ聞こえれば十分だから」

「承知しました。少々お待ちください」

老店主はゆっくりと店の奥へ向かうと、木箱を持って戻ってきた。

木箱には、装飾も成形もされていない、金色の魔石が二つ入っている。表面に詠唱文が刻まれているだけの、質素な魔術具だ。

「こちらでよろしいですか？」

「確認させてもらうわ。――倅」

ルナーラは魔石の一つを手に取ると、ライアンへ投げ渡す。

『どう？　聞こえるかしら？』

魔石から響く、ルナーラの声。

《イベルトの伝達魔術》は離れた場所と声でやり取りをする魔術だ。

契約魔術である《コリダの伝達魔術》より通信範囲が狭く、複数人で使用できない等、使いにくさはあるが、誰でも使用できる自由魔術であるため、まだまだ需要はある。

「あぁ、聞こえてるぞ」

『なら問題なさそうね。今後の刑務作業で使うかもしれないから、購入しておくわよ』

ルナーラは唇から魔石を離し、木箱に戻した。

「という訳で、一セット貰《もら》うわ」

「ありがとうございます。五万の贖罪値《しょくざい》になります」

「……かなりギリギリね」

ルナーラの持つ魔石を見ると、表面には五万千の数字が浮かび上がっていた。

「今後の投資と思うしかないわ。──《五万の贖罪値を消費。魔術具を購入する》」

ルナーラはさほど迷うことなく贖罪値を消費し、《伝達魔術《イベルト》》の魔術具を手に入れた。

「良かったのかよ、あんなに贖罪値を使って」

「貴方と違って、私は贖罪値の使い道がないから」

魔術具店を出ながら尋ねると、ルナーラは肩を竦《すく》めてみせた。

「私達は一緒にいてこそ力を発揮する。合流する手段は多い方が良いでしょう?」

「……たしかにそうだな」

ライアンは一人で魔術を行使できないし、ルナーラも制魔輪《レストカラ》で魔力を自由に使えない。

今後はぐれてしまった時のため、合流する手段は持っておくべきだ。

「ありがとうな……。ルナーラ」

使い道がないとは言え、五万も贖罪値があれば好きなように飲み食いだってできるはずだ。それを考えると、自《おの》ずと感謝の気持ちが口から出た。

「なっ、何よ急に、お礼なんて……！」

ルナーラは上ずった声を上げる。ライアンに感謝を伝えられるなんて夢にも思わなかったらしい。

「なんだよ。俺だってお礼くらい言えるぞ。今までだって言ってきただろ」

「そう……だったかもしれないけれど……」

ルナーラは頬に手を当てて、視線をライアンから逸《そ》らす。しかし、人前だと気付いたのか、両頬を軽く叩《たた》いて心身を落ち着けた。

「さて、用事は済んだし、私の贖罪値は尽きた。帰りましょうか」

「やっぱりケーキは我慢するべきだったんじゃないか？」

「何を言うの。あれは確実に必要な出費よ。それに貴方《あなた》も——」

「きゃっ……！」

その時、鈍い音と小さな悲鳴がルナーラの声を遮った。

「テメェ！　よくもやってくれたな？」

一拍遅れて、男の怒号がメインストリートに響く。

声の方に顔を向ければ、三人の囚人達が寄って集《たか》って少女を蹴りつけていた。

少女は膝を抱えて必死に耐えているが、少女の額から魔石が生えているためか、誰も助けようともしない。

「……見過ごせないわね」

目付きを鋭くし、指先に銀色の魔力を灯《とも》す、ルナーラ。

「待てよ、魔族のお前が出ると余計ややこしくなるだろ」

ライアンはルナーラの肩を摑《つか》んだ。

「なら、見過ごせと言うの？」

ルナーラはライアンを見て眉根を寄せる。知り合って間もない絶唱者を助けたような少女だ。酷《ひど》い目にあっている同族を見過ごすことなんてできないだろう。だが、ルナーラが出たところで男達が止まるとは思えなかった。

ライアンは逡巡《しゅんじゅん》の後、小さく息を吐くと、一歩足を踏み出した。

「――代わりに俺が行く。お前はそこで見てろ」

驚愕《きょうがく》を帯びたルナーラの視線を背中に受けながら、歩み出すライアン。

ルナーラを止められない以上、最終的にはライアンも助太刀する羽目になる。ならば最初から自分一人で止めに入るのが最善なのだ、とライアンは自らに言い聞かせる。

それでも、母の仇《かたき》である魔族を助けるなんて、収監前のライアンでは絶対にしなかった選択だろう。

「……変わったな、俺は」

ライアンは自嘲する。認めがたいが、ルナーラと接することで少しずつ、価値観が変わっているのかもしれない。

「おい」

「あっ？」

ライアンは囚人の肩を摑むと、振り向いた顔を思いっきり殴りつけた。

地面に倒れる、男。

その様を目撃した残りの二人が目を見張り、ライアンを睨《にら》む。

「誰だよ、テメェは！」

「こいつの仲間か？」

「皇帝候補のライアン・レランダードだ。女一人に男三人は、流石《さすが》にやりすぎだろ」

「訳分かんねーこと言ってんじゃねぇよ！」

左側に立っていた囚人が、ライアンへ拳を振り上げる。

ライアンは身を翻《ひるがえ》して男の殴打《おうだ》を躱《かわ》すと、鞘《さや》に入った剣で男の脇腹を薙《な》いだ。

「かぁはっ……！」

男は身体《からだ》をくの字に曲げ、通路に沈む。

次の瞬間、ライアンの身体を襲う、衝撃。

揺れる視界の中で目線を下げると、最後の一人がライアンに体当たりをしていた。

最後の男は、倒れたライアンの身体に馬乗りになり、組手術《ハンズ》による詠唱で即座に魔術を行使する。

「《閃刃魔術《バスピード》》ッ」

左拳の基節に刻まれた詠唱文が輝き、光で形成された一刃《いちじん》が男のグローブから顕現した。

「ちっ！」

ライアンは、自らの顔面へ突っ込んでくる光の刃《やいば》を剣で受け止める。

「舐《な》めた真似《まね》しやがって、死ねや！」

飛び散る唾と、男の叫び。

ライアンは歯噛《はが》みしながら、男の《閃刃魔術《バスピード》》に剣の鞘で対抗していた。完全にマウントポジションを取られている。このままではいずれ力負けするだろう。

「倅《せがれ》っ！　貴方はその程度で敗れる器ではないでしょう！」

――その時、ルナーラの叱責がライアンの鼓膜を震わせた。

ライアンの目に入る、指輪。ここから逆転するには、〝これ〟しか残されていない。

「当たり前だろうがっ！　俺は……次期皇帝候補のライアン・レランダードだぞ！　――

《我は射る者》！」

己に自信を纏《まと》わせるように、ライアンは喉を震わせる。

「《紅蓮《ぐれん》の奔流　焔《ほむら》の鏃《やじり》》」

成功したためしはないが、賭けるしかない。

「《空間を一路に貫け》！」

男が眉根を寄せた。きっと、ライアンの行動は理解できても、その意図までは摑めないだろう。

「──《業焔魔術《レッドボンド》》っ！」

ライアンが魔術名を叫んだ瞬間だった。

剣を握るライアンの手が赤く輝く。火花が散るような、微《かす》かな瞬《また》き。

だが、その火花はまるで肩を寄せ合うかの如《ごと》く徐々に力を増し、ついにはライアンの剣を包み込む程の炎と化した。

「なにっ……」

男が困惑の声を上げる。が、その時にはもう手遅れだった。ライアンが発生させた炎は光の刃に伝わり、男のグローブまで到達する。

致命傷を与えるにはほど遠い焔。だが、男を一瞬でも驚愕させるには十分だった。

「痛っ……」

男が呻き声を漏らした瞬間、ライアンは男の《閃刃魔術》を押し返し、その顔面に剣の鞘を打ち付ける。

男が体勢を崩した隙にライアンは立ち上がり、倒れる男へ鞘の先を向けた。

「俺の……勝ちだな……！」

「テメェ……、まさか……！　魔術を──」

「何言ってやがる……」

荒くなった呼吸を落ち着けながら、ライアンは男の声を遮った。

そして、自身の黒髪を見せつけるように撫《な》で、微苦笑を浮かべる。

「──この髪だぞ、魔術なんて使えるはずないだろ？」

まだ手に熱が残っている。歓喜に身が震える。

《繋鎖輪舞《チェイン・ロンド》》によって魔力を得て、生まれて初めて自らの力で魔術を行使した。それは決して公にはできなかったが、言葉にする必要がないほど明確な事実だ。

「覚えてろよ、テメェ……」

男は顔を手で押さえながら、他の二人を起こして去っていく。

「……見事だったわ」

男達の背中が見えなくなると、ルナーラがゆっくりと拍手をしながら近寄ってきた。一見落ち着いているようだったが、声と表情は明らかに高揚していた。

「不完全とは言え、まさかあの土壇場《どたんば》で魔術を行使するとはね……！」

「当たり前だろ？　そのくらいできなきゃ親父《おやじ》の名が廃る」

ライアンは鞘を腰に提げ直し、ルナーラはすかさず通路に縮こまった少女に駆け寄った。

「大丈夫？　貴女《あなた》」

「あっ、はい……、ありがとうございます……」

魔族の少女は立ち上がろうとするが、ルナーラの身体にフラフラと倒れ込んできた。

そんな満身創痍《まんしんそうい》の少女をライアンは睨む。

「痛むのなら、医務室にでも――」

「いえ、大丈夫ですから。助けてくれて、ありがとうございました」

少女は痣《あざ》だらけの顔で薄く笑い、立ち去ろうとする。その足取りは重く、とてもじゃないが収監棟へ戻れそうにない。

「おい」

そんな少女をライアンは呼び止めた。――少女の早業を見逃さなかったのだ。

「――ルナーラから盗《と》った物は置いていけよ」

ライアンは冷酷な声を少女に向ける。剣の柄を握り、すぐに抜刀できると見せつけた。

「倅、貴方何を言って――」

「ちっ……！」

魔族の少女は悔しそうに舌打ちをし、懐《ふところ》から金色の魔石を投げ捨てると、弱っていたのが嘘《うそ》のように力強く走り出した。

ライアンは通路に転がった魔石を拾い上げる。その色と形は、間違いなく先程購入した《伝達魔術《イベルト》》の魔術具だ。

「どういうこと……？」

「見た通りだ。お前はあいつに魔術具を盗まれかけた。俺が間違っていたってことだ」

ライアンは魔術具を握り締める。ルナーラの代わりとはいえ、男達に直接手を下したのはライアンだ。

「やっぱり魔族は……」

「いいえ、間違っていたとすれば私の方よ」

ライアンが漏らしそうになった吐露を、ルナーラが遮る。

「私は状況確認もせず、魔族が不当な暴行を受けていると決めつけていた。先入観から人類が悪いと決めつけていた」

自嘲するルナーラ。

その横顔は、直視し難《がた》い哀愁と儚《はかな》さで形成され、目を逸らせない美しさを伴っていた。

「——魔族にも悪人はいるというのにね」

ルナーラは消え入りそうな声で呟《つぶや》く。まるで吹雪の中にいるような冷たい魔力が、ライアンの胸中に渦巻いていた。

＊

陽《ひ》も暮れた夕刻、第三棟の大浴場は、むさ苦しい男達で埋め尽くされていた。

人型のオブジェがあしらわれた巨大な円形の浴槽に、床は琥珀《こはく》色の大理石で覆われており、王宮の浴場と勘違いしそうになるほど豪華なつくりだ。

元々は、入浴した方が汚れそうな、汚い浴場だったそうだが、十年前、数十人の有志が数千万の贖罪値《しょくざい》を使ったことで現在の内装に改築されたらしい。

その中心にある巨大な浴槽に浸《つ》かったライアンは、ため息を吐いた。

頭によぎるのは、初めて魔術を行使できたことではなく、ルナーラから魔石を盗んだ魔族の少女だ。

この数日、ルナーラと過ごしたことで、ライアンは彼女を少なからず信頼できると思えていた。が、先程窃盗にあいかけたことで、その信頼が揺らいでいる。

「結局はあいつも……」

ライアンは呟きかけた疑念を抑え込み、湯で顔を洗う。言葉にしたら終わりだと思えたからだ。

「邪魔するぞ」

隣に誰かが入り、飛び跳ねた水滴がライアンの顔にかかる。

ライアンは苛立《いらだ》って隣を睨むと、見覚えのある茶髪が目に入った。

「エルデロ……！」

ライアンは驚嘆し、咄嗟《とっさ》に立ち上がろうとする。

剣も魔石もない身一つのライアンに対し、紋章を身体に刻んでいるアーサーは身一つあれば十分だ。が、アーサーは左腕の紋章を右手で隠し、敵意がないことを示そうとする。

「落ち着けよ、手を出すつもりはない」

「信じろって言うのか？」

「襲うつもりなら、とうにやってる」

にわかには信じられないが、アーサーの主張ももっともだ。

ライアンは警戒を弛《ゆる》め、アーサーに向き直る。

「……なんの用だ。俺には関わらない約束だろ」

「それは承知している。だから、第三棟のボスとしてではなく、一人の魔術師として会いに来た」

「屁理屈《へりくつ》もいいところだな」

「明日、懲罰迷宮の清掃があるのは知っているな？」

ライアンの苦言を無視して、アーサーは話し続ける。

懲罰迷宮の清掃は明日行われるＡ級刑務作業だ。

懲罰迷宮とは、その名の通り懲罰の一つとして創られた迷宮である。

監則違反者が入れられ、迷宮から脱出することで懲罰は終了となるが、実力がある者は簡単に脱出でき、実力がない者は魔獣に襲われて命を落とすため罰にならず、遥《はる》か昔に廃止された。

現在でも迷宮内には魔獣が独自の生態系を築いており、迷宮外へ脱出する個体が現れていることから、時折、〝清掃〟という名目で魔獣の間引きをしているのだ。

「当然だろ。参加するつもりだ」

Ａ級の刑務作業ともなれば、命を落とす危険性は高い。が、倒した魔獣の魔石を贖罪値と交換できるため、参加しない手はない。

「ならば明日、迷宮内のエリア九に来い。そこで俺と決闘をしろ」

アーサーは目付きを鋭くし、ライアンを睨《にら》みつけた。

「……俺に何のメリットがある」

「お前が勝てば俺の贖罪値を全てやろう」

その提案に、ライアンは息が止まった。

アーサーは魔石の密入を仕切っている第三棟のボスだ。かなりの贖罪値を貯め込んでいるだろう。それを全て賭けてでもライアンと戦いたいというのだ。

「そこまでして俺と戦いたいのか？」

「あぁ、俺はお前に黒星を付けられたまま、生きたくない」

アーサーの表情には確かな決意が灯《とも》っていた。そこに傲《おご》りはなく、ただ純粋に勝利を求める魔術師の瞳をしている。

「やるなら明日だ。それ以外に機会はないからな」

アーサーは湯船から上がり、脱衣所へ向かう。

ライアンとしても、懲罰房化による勝利に満足しているわけではない。皇帝候補として、先に付けられた黒星を実力のみで返上したかった。

「乗ってやるよ、アーサー・エルデロ……！」

ライアンは闘志を漲《みなぎ》らせ、静かに呟く。もうこれまでのように、魔術を使えないライアンではないのだ。


「《我は射る者　紅蓮《ぐれん》の奔流　焔《ほむら》の鏃《やじり》》」

ライアンは大浴場の脱衣所から出ると、収監棟には戻らず、口頭詠唱の練習をしていた。

「《空間を一路に貫け》――《業焔魔術《レッドボンド》》！」

魔術名を宣言した瞬間、ライアンの手中に火の粉が瞬《また》く。

「……駄目だな」

《業焔魔術《レッドボンド》》は本来、炎球を生成し、遠方へ飛ばす魔術。少しずつ魔力の込め方は分かってきたが、まだ正確に行使できていない。

ライアンの基本戦法は、《業焔魔術《レッドボンド》》で相手の魔術を相殺《そうさい》し、その隙に距離を詰めて斬り伏せるというものだ。今のように火の粉が出る程度では目眩《めくら》ましにしかならないし、目眩ましに使える距離なら斬りかかった方がいい。

聞くところによると贖罪値を使用すれば、魔石に登録されている魔術を行使できるらしい。が、《業焔魔術《レッドボンド》》のような殺傷性の高い魔術は一度使うだけで数万の贖罪値を消費する。とてもじゃないが非現実的だ。

このままではアーサーに勝てない。そもそも、《業焰魔術《レッドボンド》》をちゃんと使えたとして、紋章術《クライス》で詠唱を省略するアーサーにはどう足掻《あが》いても速さで劣る。

「奇遇ですね、三七二番」

突如、主任看守であるヴィオレの声が聞こえ、ライアンは咄嗟に振り返った。

そこにいたのは声の通り、ヴィオレ・リーベン。しかし、制帽は被《かぶ》っているものの、いつもの看守服ではなく、藍色のワンピースを纏《まと》っていた。

「何の用だ……いえ、でしょうか？」

荒くなりかけた口調を整え、ライアンは恐る恐る尋ねる。魔術を行使しているところが見られていたらまずい。

「そこまで畏《かしこ》まらなくていいです。私、今日はオフですので」

ヴィオレはほんの少し破顔して答えた。反応からして魔術の行使を目撃されたわけじゃなさそうだ。

「もうすぐ就寝時間です。早く収監棟へ戻ることをお勧めします」

ヴィオレは普段より柔らかい口調で言い、看守棟の方へ去っていった。

夜風でワンピースの裾が揺れ、夜闇との輪郭が曖昧になっていく。オフということは、あれがヴィオレの私服ということだろう。

服装といい口調といい、主任看守にも優しい一面があるのかもしれない。

収監棟に戻ったライアンは、ロルとメイディの牢《ろう》である一三八番牢へ寄ることにした。

昼間、時計塔の頂上でメイディに言われたことを確かめたかったのだ。

一三八番牢に近づくと、牢内から楽しげな鼻歌が耳に届いた。声からしてロルだろう。

「ロル、いるか？」

ライアンは鉄格子《てつごうし》の間から、一三八番牢を覗《のぞ》き見る。すると、ベッドで横になりながら本を読むロルと目が合った。

「え……？　わ、わぁ！　ライアン？　待って、ちょっと待って！」

ロルは慌てて起き上がると、身嗜《みだしな》みを直し、ピンク色のパジャマ姿で廊下に出てくる。

どうやら、もう寝る準備に入っていたらしい。

「ご、ごめん、何かな？」

「いや、ちょっとな……」

ライアンは、牢の中を横目で見る。

「メイディはいないのか？」

「メイディ？　……そうだね、今日は一日見てないかな」

ロルはメイディが使っているベッドへ目を向ける。ベッドは綺麗《きれい》に整えられており、誰かが腰を下ろした形跡も見られなかった。

「もうすぐ就寝時間だし、そろそろ戻ってくると思うけど。何か伝えておこうか？」

就寝時間までに牢へ戻らなければならないのはライアンも同じだ。今日問いただすのは無理だろう。

「いや、別にいいんだ。大した用事じゃない。また明日な、ロル」

「それならいいけど……。おやすみなさい、ライアン」

一三八番牢を後にし、ライアンは自身の牢である二一七番牢へ向かう。

今すぐにでもメイディを問い詰めたかったが、会えないのならそれもできない。どうせメイディもこの監獄から出られないのだ。機会はいくらでもある。

「遅かったわね、倅《せがれ》。いつまでお湯に浸かっていたの？」

二一七番牢に戻ると、ルナーラはベッドに腰掛け、タオルで髪を乾かしていた。

「……ちょっと、色々あってな」

ライアンは風呂《ふろ》場でアーサーに挑まれたことを話そうかと悩んだが、明日行うのはあくまでライアンとアーサーの一騎打ちだ。ルナーラが介入する余地はないと、ライアンは自

らを納得させた。

「そう……」

ルナーラは訝《いぶか》しむことなく、髪を乾かすのに注力する。

今、ライアンの身体《からだ》に流れる魔力は、波一つない海のように安定していた。ルナーラはもう、魔術具を盗まれかけたことを気にしていないのかもしれない。にもかかわらず、ライアンは胸のざわつきが収まらなかった。

「明日は迷宮清掃の刑務作業よ。よく休んでおきなさい」

「あぁ、分かってるよ」

ライアンは腰に携えた剣を外し、ルナーラに背中を向けるようにして、ベッドへ横になった。

*

就寝時間が迫った一六六番牢。

多くの部下達が見守る中、部屋の主であるアーサーはソファに腰掛け、大きく膨らんだ布袋を机の上に置いた。

「言われた通り、魔石だ。集められるだけ集めたぞ」

アーサーは向かいに座るヴィオレを睨んだ。彼女は制服を纏っているものの制帽はつけておらず、傲慢な態度で足を組んでいる。

「ご苦労さまです。……門《ゲート》を開くには少ないですが、迷宮内で調達すればいいでしょう」

ヴィオレは袋の中に詰まった魔石を確認する。

この二日間、アーサーは部下に命じさせて、学院内で集められるだけの魔石を調達していた。それも本を正せばヴィオレの指示だ。

「本当に明日、クロウリー学院長は不在なのか？」

「ええ、不在ですよ。第三棟の主任看守である私が言うのだから間違いありません」

アーサーは訝しげな目付きで、ヴィオレを睨《ね》めつける。

「改めて聞くが、何故《なぜ》その情報を俺達に教える」

学院長であるアデル・クロウリーが不在ということは、この監獄の警備が最も手薄になるということだ。それをわざわざ囚人であるアーサーに教えるメリットが分からない。

「単純な話です。この監獄学院はアデル・クロウリーという強力な抑止力がいるおかげで成り立っています。もし不祥事が起きれば、責任はあの不老不死の魔女が取らされる。そうなれば、この監獄のトップは私です」

「アンタも責任を取らされるんじゃないのか？」

「私は取らされませんよ。お前達がいなくなるのですから、誰から不在の情報を聞いたか分かりようがありません」

なかなか無茶な理屈だが、筋は通っている。

アーサー達がヴィオレからアデル不在の情報を聞いたと口外しなければ、順当にヴィオレが次の学院長になるだろう。ただ、ヴィオレの言う通り、アインズバーグはアデルという強力な抑止力がいるからこそ、成立している機関だ。もし、あの魔女がこの監獄を去るようなことがあれば、そもそもアインズバーグの存在自体が危ぶまれる。――が、そんなことはアーサー達に関係ないことだ。

「では、明日はよろしくお願いします。お前の部下には詠唱を手伝ってもらいますよ」

「あぁ、好きにしろ。俺はやり残したことを済ませておく」

アーサーが思い浮かべるのは、ライアンのことだ。明日の機会を逃せば、もうリベンジのチャンスは巡ってこない。

ヴィオレはソファから腰を上げ、歪《いびつ》な笑みをアーサーに向ける。

「必ず成功させましょうね、この腐った施設からの〝脱獄〟を」

第五章　懲罰迷宮

――魔術暦九六九年、ホーデガンの洞窟。

ルナーラは何が起きたのか理解できなかった。

仰向けになった身体は指の一本すら動かせない。

頭部はお湯に浸《つ》かったように温かく、視界は紅《あか》で汚れている。

天井が崩れ、太陽の光が射《さ》して、そして、恋焦がれていた男が首筋に鋒《きっさき》を向けていた。

「そう……」

ルナーラは呟《つぶや》く。

「私は貴方《あなた》に敗れたのね」

男は何も答えなかった。口に出さずとも、この状況が全てを物語っている。

「冥土の土産に一つ聞かせてくれる？」

ルナーラは、感覚のない身体でどうにか頬を緩める。

「アルバート・グランデ、貴方はどうやってそれだけの魔力を得たの？」

ルナーラの魔石が宿った瞳には、見る者の魔力が映る。

地鎮王《サトゥラ》を討ち、今こうして闇月王《ルナーラ》に剣を向ける男の体内には、人類の領域を超え、魔族にも遥《はる》かに勝る魔力が流れていたのだ。

「――――」

アルバートはゆっくりと口を開き、右下腹部に刻まれた紋章の一部を見せつける。

「……なるほど、《繋鎖輪舞《チェイン・ロンド》》というの。それは素晴らしい魔術ね」

ルナーラは鼻を鳴らす。

逆光でよく見えなかったが、アルバートは何故か悲しそうな目でルナーラを見ていた。

「疑問は解消されたわ。もう未練はない。一思いに貫きなさい」

ルナーラは目を閉じ、顎を上げる。

嘘《うそ》だった。

《繋鎖輪舞《チェイン・ロンド》》を聞いた今、むしろ未練が増した。

もっと早くアルバートと会っていればと、後悔が募る。

しかし、もう何もかもが手遅れで、ルナーラの夢は戯言《たわごと》に過ぎなかったのだ。

「――しかし、貴方に殺《あや》められるなら悪くはないかもね」

それがルナーラの最後の言葉になるはずだった。

＊

ルナーラが目を開けると、そこには見慣れた灰色の天井があった。

「……懐《なつ》かしい夢ね」

頬に触れると、ほんの少しだけ湿っている。

三十年前のあの日、会談が開かれるまでは順調だった。

しかし、エタリオンからの使者が円卓に着いた瞬間、洞窟の天井が崩れ落ち、それを魔族の攻撃だと勘違いした人類が襲ってきたのだ。

ルナーラは必死に弁解したが、聞く耳を持たれず、警護として居合わせていたアルバートによって、捕らえられた。

今思い出しても理不尽な話だ。

きっと、人類側は最初から議論などする気はなく、闇月王《ルナーラ》を捕らえるつもりだったのだろう。

「いえ……、まさか……」

ルナーラは顎に手を当てる。思考に電流が走ったのはその時だった。

*

陽《ひ》が地平線を越えた頃、アインズバーグ監獄学院の正門で白髪の魔女はため息を吐いた。

「まったく、なんで俺様が馬鹿共の会合なんかに出席しなきゃならないのでしょうね」

アデルは欠伸《あくび》混じりに悪態をつく。

エタリオンでは年に四度、皇帝のもとに十一賢者を始めとした国の主要人物が集まる
――通称、四季会談が開かれる。

「仕方がないでしょう。アデル様は魔女なのですから」

アデルを見送るヴィオレは、早朝にもかかわらず制帽と制服を少しも乱さず纏《まと》い、眠そうな素振りを一切見せない。

四季会談には、不老不死の魔女の一人であり、アインズバーグの学院長でもあるアデルも当然呼ばれている。しかし、魔女協定により魔女は政治と宗教に関与できないため、ただその場にいて話を聞いているだけだ。

「俺様は面白いことが起きそうだからここの学院長をやってるのに、面白いことは決まって俺様が不在の時に起きるのよねぇ……」

アデルの言う〝面白いこと〟とは大規模な暴動や脱獄といった、緊急事態のことだ。アデルはそういった企《たくら》みを圧倒的な力で潰すのが、何よりの楽しみなのだ。

「偶然です。そもそも、アデル様がいつ不在なのか囚人達は分かりませんから」

しかし、囚人達もアデルがいては策略が成功しないのは分かっているので、魔女の不在を狙いたがる。そのため、アデルがいつアインズバーグを留守にするかは国のトップシークレットの一つであり、それこそ四季会談の参加者と、ヴィオレのような主任看守しか知らない情報だ。

「ヴィオレ、何かあったらすぐ連絡しなさい。一瞬で駆けつけるから！　絶対によ？」

到着した馬車に乗り込みながら、アデルが念押しをする。

「私がいるのですよ？　何も起こさせません」

そんなアデルに、ヴィオレは余裕の表情を浮かべてみせた。

＊

「これより、本日の第一刑務作業を開始します」

担当看守であるヴィオレが、グラウンドに集まった囚人達へ声を張る。

「本日の刑務作業は懲罰迷宮の清掃になります。知っての通り――」

ルナーラはヴィオレの説明を聞き流しつつ、グラウンドに集まった囚人達を見ていた。参加者は三十人前後。その中にはロルとメイディ、それにアーサーとその取り巻きの姿も散見される。

「予想より多いわね……」

迷宮の清掃は成果報酬型の刑務作業で、集めた魔石の数だけ多くの贖罪値《しょくざい》を得ることができる。それこそ、やり方次第では昨日の出費をこの作業だけで取り返せるだろう。しかし、その分リスクは大きく、下手を打つと魔獣に襲われ、命を落とす。ハイリスクハイリターンな作業だ。

「我々看守も見回りをしていますが、命の保証は一切しません。承知の上で参加してください」

ヴィオレは説明を終え、持っていたロッドの先端を地面に押し込む。すると、金色の紋章がグラウンドに展開された。

「なるほど。《ファランレスの転移魔術》で迷宮に行くのね……」

ルナーラは紋章の一部を見て呟く。

生物を異なる場所に移動させるには膨大な魔力と高度な技術を要する。にもかかわらず詠唱文を紋章に落とし込み、しかも魔術具から起動されるように調整されている。白髪の魔女が学院長をしているだけのことはあるようだ。

「倅《せがれ》、分かっているわね？　できるだけすぐに合流するわよ」

「……あぁ、分かってる」

ライアンは心ここに在らず、といった様子で返した。昨晩からどこか上の空だ。身を守るように纏っていた覇気が感じられない。

「……分かっているならいいけれど」

ルナーラが一抹の不安を覚えていると、視界が金色の光に包まれた。


視界が晴れると、そこは懲罰迷宮内部だった。

人工的な蒼鉛《そうえん》色の壁と、岩石の天井。

太陽はもちろん、光源らしきものも見えなかったが、不思議と内部は明るい。きっと、全体に《光灯魔術《こうとう》》の類が張り巡らされているのだろう。

ルナーラはローブのポケットから迷宮内の地図と、《伝達魔術《イベルト》》の魔術具を取り出した。

「聞こえるかしら？　倅」

ルナーラは耳と肩の間に魔石を挟みながら、器用に地図を広げる。

「倅、聞こえないの？」

『聞こえてるよ』

魔石からライアンの声が響く。どうやら、《伝達魔術《イベルト》》は機能しているようだ。

「なら、いいわ。私はエリア三よ。貴方はどこにいるの？」

『俺は……エリア八だ』

迷宮内は十の階層と、各階ごとに縦横三エリア、合計九エリアに分けられている。エリア三と八では比較的離れている方だ。

「分かったわ。なら、迷宮の中心であるエリア五で落ち合いましょう。第二階層への通路もそこにあるから」

ルナーラは提案する。しかし、ライアンからの返事がすぐに返ってこない。

『……悪い。その前にちょっと用事があるんだ』

「……なに？　どういうつもりよ、貴方」

ルナーラは眉をひそめ、苛立《いらだ》ちを声に込める。

『できるだけ早く終わらせて必ず合流する。だから、少し待っててくれ』

「なっ……！　事情を言いなさい。どういうことよ？」

叫ぶ、ルナーラ。だが、ライアンの返事はどれだけ待ってもなかった。

＊

ライアンは魔石を口元から離し、ポケットへ入れる。

結局、最後までルナーラには話せなかった。決して彼女を信用していない訳ではない。ただ、余計な心配をさせたくなかったのだ。

「……来たか」

エリア九をしばらく歩いていると、見覚えのある茶髪が目に入った。

袖の捲《まく》られた左腕と、紋章。首にかかった魔石のネックレス。立ち姿に余裕は感じられたが、先日のような慢心は一切ない。

――アーサー・エルデロ。

ライアンを呼び出した張本人であり、アインズバーグに来てからの因縁の相手だ。

「来るのは予想外だったか？」

「いいや、予想通りだ」

ライアンは剣の柄《つか》を握り、辺りを警戒する。もしかしたら、アーサーの仲間がどこかに身を潜めているかもしれない。

「安心しろ、俺達の他には誰もいない。俺の仲間は別件で動いているからな」

アーサーの言う通り、近くに人の気配は感じられない。〝別件〟という言葉が気になったが、アーサーは本当に一騎打ちを所望しているようだ。

「これでも俺はお前に感謝しているんだ。卑怯《ひきょう》な真似《まね》はしない」

「感謝だと……？」

ライアンは怪訝《けげん》な表情を浮かべ、柄を握っていた手から力を抜く。

「あぁ。お前に敗れて気付いた。俺は、第三棟の頭という地位にかまけ、傲《おご》り、甘んじていたとな。お前のお陰で目が覚めた。その点は感謝している」

アーサーは友達にでも話しかけるような穏やかな表情で語る。だが次の瞬間、彼の目付きが鋭くなった。

「だが、敗北を良しとはしない。泥を付けられればそれを拭い、付け返すのが俺の流儀だ」

アーサーが拳を握りしめると紋章が光り、その腕に岩石のガントレットが顕現する。

「だから、お前に再戦を申し込むぞ、ライアン・レランダード。俺の進む覇道に敗北という文字は残させない」

アーサーは宣言し、鋭い目付きと、溢《あふ》れんばかりの闘志をライアンへ向ける。

痛いほど感じられるアーサーの熱意に、ライアンの口角は自《おの》ずと上がっていた。

「望むところだ、アーサー・エルデロ。皇帝候補であるこの俺に敗れたことを、一生の誇りにさせてやるよ！」

ライアンは剣を抜き、鋒《きっさき》を好敵手《アーサー》へ向ける。

「そう来なくっちゃなァっ！　絶唱者！」

ライアンの戦意を感じ取ってか、アーサーは小さな何かを投げつける。

不意打ちか、とライアンは一瞬身構える。が、空中で弧を描くそれには見覚えがあった。

「使え。アインズバーグに来《こ》る前の、最も強いお前に勝ってこそ、俺の勝利に価値が出る」

ライアンが摑《つか》んだ手を開くと、そこには《業焔魔術《レッドボンド》》の刻まれた指輪があった。どこで情報を手に入れたのか、ライアンが収監される前に使っていた魔術具と同種のものである。

「……ありがたく使わせてもらおう」

ライアンは左手の人差し指に指輪を嵌《は》める。使い慣れた輪が指を圧迫し、収監前のような自信が溢れてくる。しかし、今のライアンは外にいた頃と違う。

「だが、一つ勘違いしてるな、エルデロ」

ライアンは見せつけるように剣を一薙《な》ぎし、再び構える。一瞬遅れて空気の裂かれる音が鼓膜を震わせ、風圧がアーサーの前髪を揺らした。

培《つちか》われてきた剣術、使い慣れた魔術具、そして、体内に流れるルナーラの魔力。ライアンにとってこれ以上ないほど全てが完璧に揃《そろ》っていた。

「――俺は今、この瞬間が一番強いぞ?」

＊

「もうっ……、何なのよ倖のやつは!」

ルナーラはプンスカと怒りながら、大股でエリア八を目指す。

急に用事があると言い出したかと思えば、ライアンと連絡が取れなくなった。理由はよく分からないが、放置するわけにもいかない。

ルナーラは苛立ちに駆られながら、左手に嵌められた指輪に目を落とす。――良くも悪くも、アーム部分の詠唱文は止まったままだ。

「まだ、繫《つな》がってはいるけど……」

昨日窃盗未遂に遭ってから、ライアンは様子がおかしかった。物を盗まれかけるなんて、監獄では日常茶飯事で些細《ささい》なことだが、魔族《ルナーラ》と人類《ライアン》の信頼関係に罅《ひび》を入れるには十分だ。

「やっぱり、共存なんて……」

ルナーラは頭を横に振り、漏れそうになった弱音を霧散させる。

「私は三十年待ったのよ……。この程度で終わらせない……！」

ルナーラは手に拳を作り、大きく振りながらエリア八を目指す。すると、見覚えのある少女が視界の端を掠《かす》め、ルナーラは苛立ちが滲《にじ》んでいた顔を冷静なものに戻した。

「奇遇ね、ロル・タンセル」

「あっ、ルナーラさん……」

岩の上に腰を下ろし、心配そうに俯《うつむ》くロル。彼女にしては珍しく暗い表情をしており、何よりいつも隣にいたメイディが見当たらない。

「メイディ・エクレールはどうしたの？」

「ここで合流するつもりだったんだけど、まだ来なくて……」

ロルは不安げにポツリと呟《つぶや》いた。

他の階層よりは少ないとはいえ、一階層にも魔獣は生息している。魔力親和性の高いメイディなら大丈夫だろうが、万が一のことを考えると不安になるだろう。

「なら、私が見つけてあげるわ」

ルナーラは微笑《ほほえ》み、胸に手を翳《かざ》す。困っている者には手を差し出すのが彼女の信条だ。

「見つけるって……、そんなことできるんですか、ルナーラさん」

「私の瞳には魔石が入っているから、魔力の流れが見えるのよ」

魔石の入った瞳――魔眼は魔力を映す。

魔力を消費するため、できるだけ使用しないようにしているが、ロルには先日の刑務作業で助けられた恩がある。

ルナーラは瞳に魔力を流し、首をゆっくりと回す。親和性が高い魔力のため、きっとすぐに見つけられるはずだ。しかし――

「……なによ、あれ」

ルナーラは目を凝らした。

メイディの魔力を見つけたのではない。迷宮の中心部、エリア五の辺りに不自然な魔力の塊があったのだ。具体的には分からないが、何か大規模な魔術が行使されており、そのせいで辺りの自然魔力《マナ》が歪《ゆが》んでいる。

「どうかしたの、ルナーラさん？」

「ロル……」

ルナーラは中心部に目を向けたまま呟く。

「少し、私に付き合ってくれるかしら？」

エリア五で何が起きているかは分からない。だが、良くないことなのは間違いなかった。

＊

——懲罰迷宮、エリア五。

迷宮の中心部であるそこには、巨大なプレートが聳《そび》えていた。濁った金色のそれは禍々《まがまが》しい瘴気《しょうき》を放っており、見ているだけで胸を焦がすような焦燥感と興奮が込み上げてくる。

——門《ゲート》。

転移魔術《ガナダダ》の一種として構築されるそれは、アーサー・エルデロの部下達、十三人の詠唱により形成されていた。

十人以上の人類が詠唱しているとはいえ、制魔輪《レストカラ》で魔力を制限されている囚人では、門《ゲート》を形成できない。そのため、足りない魔力は彼らが外から持ち込んだ魔石と、売人から買い取ったもので補っていた。

アーサーの部下達が必死に詠唱しているのを、少女は笑みを湛《たた》えながら静観する。

——実に扱いやすい連中だ。

看守の姿で脱獄という餌をチラつかせれば、簡単に言うことを聞いた。リーダー格の男はまだ腑《ふ》に落ちていなさそうだったが、今は絶唱者との決闘に出ている。戻った頃には手遅れだろう。

「あの、ヴィオレ主任。……ヴィオレ主任！」

「……なんでしょう」

名前を呼ばれているのに気付かず、少女は少し遅れて顔を向ける。

「もうすぐ用意していた魔石が尽きます。そろそろ調達に行った方がいいでしょうか？」

アーサーの部下である少女が、目を輝かせながら尋ねてくる。彼女からしたらもう少しで外に出られるのだから、そんな夢見るような顔にもなるだろう。

「……進捗はどうなっていますか？」

「はい！　もうすぐ門《ゲート》は完成します。もうすぐ外に出られるんです！」

馬鹿な連中だ。自分達で詠唱していながら、まだ〝外に出る門《ゲート》〟だと思っている。

「ふっ……、ふはは……！」

少女は我慢できずに、笑いが零《こぼ》れた。

長かった苦痛がこれで終わる。

思えば、今までの人生で最も辛《つら》い日々だった。

何処《どこ》にいても人類、人類、人類。気の休まる時なんて一瞬もなかった。

「あ、あの……、ヴィオレ主任……」

突然笑いだしたため、部下の少女が引き攣《つ》った顔で見つめてくる。

「あぁ、すいませんね。もう消えなさい」

「消えていい……？　魔石を調達してこいということですか？」

「違いますよ」

少女は右手の人差し指を、アーサーの部下に向ける。

「そのままの意味です。――《消えろ》」

瞬間、指の先から迸《ほとばし》る電撃。黄色の一閃《いっせん》は空気を焦がし、人類の腹部を貫いた。

「……え？」

目を見開いて固まる、少女。

何が起きたのか分からないという困惑。そして、腹部に走る激痛、じんわりと血が服を染め、やっと事態を把握する。

困惑、激痛、絶望。まるで、ページの隅に描かれた連続画のように移り変わる表情。少女はそれを見るのが何より至福だった。

「なっ、何してんだ？」

仲間が撃たれたのを目撃し、アーサーの部下達が少女へ一斉に視線を向けてくる。

「もういいですよ。後はお前達の体内魔力で、私が門《ゲート》を開きます」

「どういうことだよ！　脱獄させてくれるんじゃないのかよ？」

「えぇ、脱獄はさせますすよ。ただ、外に出るのは貴方《あなた》達ではありませんが」

少女の言葉に、アーサーの部下達はざわめきながら互いの顔を見合わせる。

未《いま》だ事態を呑み込めない烏合《うごう》の衆を、少女は嘲笑《あざわら》う。

「まだ騙《だま》されているなんて、人類は家畜並みの知能しかないのですか。――

《霹靂虚像《エレクトロミラージュ》》」

少女が固有名《ユニークネーム》を宣言すると、首に刻まれた詠唱文が光った。

「っ！」

一斉に目を押さえる、アーサーの部下達。

《電影魔術《アンビラ》》が解け、少女の真の姿を見た彼らは声を詰まらせた。

少女は黄色の三つ編みを指で乱雑に解きながら、満面の笑みで囁《ささや》く。

「――さぁ、本当の脱獄を始めようか」

＊

「があぁあああっ！」

男の野太い悲鳴が、ルナーラとロルの鼓膜を刺した。

声はエリア五の方からだ。

「急ぐわよ……、ロル」

「う、うん！」

ルナーラが走り出し、その後にロルが続く。

嫌な予感がした。

迷宮の中心にある不自然な魔力の塊と、そこから聞こえた男の悲鳴。偶然であるはずがない。何か大きな企《たくら》みが動いている。ルナーラの知らないところで何者かが暗躍している。

迷宮の中心であるエリア五は、アインズバーグのグラウンドが丸々入りそうな広さだった。

その中心に聳える巨大なプレートを見て、ルナーラは身体《からだ》を硬直させる。

「門《ゲート》……！」

濁った金色の扉。見る者の心を蝕《むしば》む、禍々しい瘴気。それが瞳に映っているだけで、気分が悪くなり、逃げなければという焦燥感に駆られる。

門《ゲート》は、魔族がよく使う魔術だ。《ガナダダの転移魔術》で形成されており、アインズバーグに来るまで、魔族領で何度も同じものを見ていた。——しかも、入口ではなく出口側である。

「ルナーラさんっ！」

ロルが指した先には、一人の少女。門《ゲート》の傍《かたわ》らに立ち、詠唱をしている。

「ん？　あぁ、来たんだ」

少女は顎を上げて、視線だけで背後のルナーラ達を見る。

三つ編みを解いた黄色の髪、気だるそうな瞳、そして、フェイスベールのない唇。

外見も印象も違うが、間違いなくメイディ・エクレールである。

「よかったです。探す手間が省けま——あぁ！　まだ気取った口調が抜けないなぁ、クソっ！」

メイディは苛立《いらだ》って、自身の頰を軽く殴る。

まるで、今まで堪《こら》えていたものが爆発したかのように、明らかに情緒が不安定だ。

「メイディ！　危ないよ、そんな所にいたら！」

同室の少女に向かってロルが叫びかける。しかし、メイディは冷ややかな視線でロルを睨《にら》んだ。

「この状況でまだ気付いてないの？　やっぱり人類は家畜並みの頭しかないのかなァ？」

「な、何言って……」

仲が良かった同室の少女に乱暴な物言いをされ、ロルは後ずさる。

「……そういうこと」

ルナーラは納得したように嘆息し、瞼《まぶた》を閉じる。

そして、再び瞼を開いた時、その瞳には明確な敵意がこもっていた。

「──貴女《あなた》、魔族ね」

ルナーラは咎《とが》めるようにメイディを睨み、冷酷な声で告げる。

「ふへへっ！　あたりー」

ルナーラからの問いかけに、メイディはペロリと舌を出し、嘲るように、戯《おど》けるように、ニマァと口を横に広げた。

その口内には、まるで氷柱《つらら》のように生え揃《そろ》った、大きさも形も不揃いな魔石。メイディはニンマリとした笑みで、誇るようにそれを見せつけてきた。

思えば、最初から違和感はあった。

白魔教徒のようにフェイスベールをつけていたが、絶唱者であるライアンを厭《いと》わなかったし、刑務作業で多くの探査狼が寄ってきたというのも、彼女がルナーラと同じように身体から魔石が生えていたからだろう。

「どこの国の者？　魔石からして、雷明国《アプロミア》かしら？」

ルナーラは毅然《きぜん》とした態度で問う。

同じ魔族とは言え、人類を魔力の糧《かて》にするような奴《やつ》だ。警戒して損はない。

「ふはっ！　何を言っているの、ルナーラ様。これでも私、闇月国《セレネール》の一員だよ」

「なに……？」

ルナーラがアインズバーグに入れられてから三十年。ルナーラの知らない国民がいてもおかしくはない。だが、闇月国《セレネール》の民ならばわざわざ何をしに来たというのか。

その時、軋《きし》むような轟音《ごうおん》を立て、門《ゲート》に亀裂が入る。

「あっ、来たみたいだね」

メイディは笑みと目を門《ゲート》に向ける。

金色の門《ゲート》がゆっくりと動き、人が通れる程の隙間が形成される。

そこから現れた人影を見て、ルナーラは息を呑んだ。

痩せ型の男性で、頬骨が突き出た顔。そして、その顔と左腕に、濃い黄色の魔石が針山の如《ごと》く突出している。

「アリゴア……なの……？」

ルナーラは男の名を、かつての家臣の名を呟《つぶや》く。

アリゴア・ジャルバス。三代目闇月王《ムーント》であるルナーラに仕えた魔族であり、ルナーラが最も信頼していた部下の一人だ。

アリゴアは辺りを見回し、ルナーラの姿を見つけると、目を輝かせて走り寄ってきた。

「ルナーラ様！　ご無事でしたか！」

ルナーラの前で膝を突き、アリゴアは頭《こうべ》を垂れる。

三十年という月日のせいで、多少老《ふ》けていたが、外見や声は間違いなくかつての家来のそれだった。

「……何をしに来たの、アリゴア」

「ルナーラ様をお迎えに参りました。長い時間お待たせしてしまい、申し訳ございませんでした」

アリゴアは頭を下げたまま答え、背後のメイディに鋭い目を向けた。

「メイディ、ルナーラ様の御前だぞ。貴様も頭を垂れろ」

「はぁ？　私、潜入して疲れたんだけど。少しくらい労《ねぎら》いの――」

ブツブツと文句を言うメイディ。次の瞬間、彼女の腹部に、紫電で形成された龍がめり込んだ。――アリゴアが左腕に刻まれた紋章を行使したのだ。

「ならば、最後まで徹しろ」

「はい……」

メイディは腹部を押さえながら、その場に膝を突く。

かつての家来に傅《かしず》かれる、という奇妙な状況に、ルナーラは懐《なつ》かしさと同時に恐怖を感じていた。

「この娘は……、貴方の部下かしら？」

ルナーラは、頭を垂れるメイディに視線を落とす。

「はい。ルナーラ様を救出するため、私めが人類領に潜入させたのです」

つまり、この門《ゲート》を作らせたのはアリゴアということだろう。それが何を意味し、これから何が起きようとしているのか、ルナーラは瞬時に理解し、背後のロルを見た。

ロルの思考は困惑と恐怖に染められていた。

仲が良いと思っていた同室の少女が魔族で、門《ゲート》でもう一人の魔族を呼び出した。その事実を、脳が受け入れようとしない。そして、呼び出された存在は制魔輪《レストカラ》を付けられていない、〝正真正銘の魔族〟だ。

足が震える。声が出ない。目の前の男が持つ圧倒的な魔力を肌で感じ、今すぐ消えてしまいたいという衝動に襲われる。

「ロル……！」

その時、困惑と恐怖に侵されたロルの思考を、ルナーラの声が裂いた。

ルナーラは、二人の魔族に気付かれない声量でロルを呼び、真剣な眼差《まなざ》しで見つめてくる。

その紅《あか》い瞳は全てを穿《うが》つような眼力を持っており、暗闇に染められたロルの心に勇気を灯《とも》した。

「――逃げなさい」

それはとても小さな囁き。だが、ロルの足を動かすには十分だった。

ロルは頷《うなず》き、踵《きびす》を返すと勢いよく走り出す。もう足は震えていない。二人の魔族はまだ傅いている。

今すぐ、看守にこの事態を伝えなければならない。いや、もはや看守も囚人も関係ない。

何よりも先に、一瞬でも早く、魔族が来ていると誰かに知らせなければならない。

そんなロルの思考が最初に思い浮かべたのは、黒髪の少年だった。

「あっ！　アイツ、逃げてる……！」

メイディは歯をギリギリと軋ませながら、ルナーラの背後を睨む。

「放っておけ、メイディ。どう足掻《あが》こうと門《ゲート》の魔力になる運命だ」

「……じゃあ、予定通りでいいんだよね？」

「あぁ、詠唱は俺がしておく。貴様は魔力となる人類を集めてこい」

アリゴアからの指示を受け、メイディは愉悦で唇を大きく歪《ゆが》めた。まるでこの時が来るのを待ち望んでいたかのようである。

「ふへへっ……。やっと……！　やっと、人類狩りができるっ！」

言うや否《いな》や、メイディはロルが逃げ去った方へ前傾姿勢で走り出す。その瞳は炯々《けいけい》と輝いており、人類を玩具《おもちゃ》の一つとして見ている者のそれだった。

「……どうやって脱出するつもり、アリゴア」

アリゴアと二人っきりになったルナーラは、腕を組んで問う。

侵入するだけならまだしも、アインズバーグの結界から出るのは並大抵のことではない。既に看守達は魔力の乱れから、魔族が来たことを認知しているはずだ。

「もう一度門《ゲート》を構築し、開き直すだけです。そのためには、先程以上に魔力が必要になります」

アリゴアは、門《ゲート》の傍らに積まれた人類を顎で指す。

見たところ、アーサーの取り巻き達だ。門《ゲート》を開くために魔力を吸われたのだろう。

「つまり、あの娘は魔力となる人類を捕まえに行ったのね」

「流石《さすが》ルナーラ様、お察しがいい。ご存じの通り、《ガナダダの転移魔術》で門《ゲート》を構築するには時間と魔力がかかります。今しばらくお待ちください」

「ええ、気長に待っているわ」

ルナーラはそう言って、近くにあった岩へ腰を下ろした。

涼し気な顔で悠然とした態度を見せる、ルナーラ。だが、アリゴアには悟られないよう密《ひそ》かに奥歯を噛《か》み締めていた。

＊

焔《ほむら》と石塊《いしくれ》が幾度となくぶつかり合っていた。

「《破顔する大地《エルデライド》》ッ！」

「《業焔魔術《レッドボンド》》！」

固有名《ユニークネーム》と魔術名が叫ばれ、空間に生成された岩石と、魔術具によって行使された炎が、互いに向けられる。

空中で衝突し、自然魔力《マナ》を奪い合い、相殺《そうさい》し合う二つの魔術。

生じた煙幕に、視界が覆われる。だが、そんな不良な眼界をアーサーは睨《にら》みつけていた。

駆け寄ってくる足音。朧気《おぼろげ》に浮かぶ奴の概観《シルエット》。そして、銀色の鋒《きっさき》が煙の中から飛び出した瞬間、アーサーは左腕の紋章に魔力を流した。

「──《破顔する大地《エルデライド》》！」

アーサーが叫んだ瞬間、岩石のガントレットから刃《やいば》が突出し、向かってきた金属の刃と交差する。

剣戟《けんげき》が響き、アーサーの腕にズシリと圧力がのしかかった。

「来るのは分かっていたぞ、レランダード！」

「……だろうな。だが」

アーサーの腕にかかった圧力が増す。

「──ここは剣《俺》の間合いだ！」

ライアンは岩石の剣を振り払い、息をつく間もない猛撃でアーサーを攻め立てた。

認めがたいが、剣術と腕力はライアンに一日《いちじつ》の長《ちょう》がある。アーサーは神経を研ぎ澄ませて剣を受け続けるが、徐々に刃が肉を掠《かす》めるようになっていた。

「ちっ……！　《破顔する大地《エルデライド》》」

ライアンが踏み込んでくる瞬間を狙って、アーサーは固有名《ユニークネーム》を宣言し、地面から岩石を隆起させる。が、ライアンはそれを予測していたかのように身を捻《ひね》って回避した。

それでも、アーサーは止まらない。《創岩魔術《ルガラ》》で顕現させた石塊の槍《やり》を放ち、ライアンがその一投を躱《かわ》す隙に距離を稼ぐ。

彼我《ひが》の距離、大股にして十歩。再び魔術が有利な距離だ。

アーサーとライアンの実力は拮抗《きっこう》していた。互いに有利な間合いは違ったが、突き放す能力と詰め寄る能力を両者とも備えている。

「皇帝候補に選ばれただけはあるか……」

互いが互いの判断ミスを待つ、綱渡りのような攻防。

だが、アーサーには明確な勝利への道筋が見えていた。

魔術具は魔石に元々貯蔵されている魔力を使い切っても、使用者の魔力を流せば魔術を行使できる。それはライアンが今使っている《業焔魔術《レッドボンド》》の魔術具も同じことだ。

しかし、絶唱者であるライアンは魔術具に流せる魔力を持っていない。貯蔵されている魔力を使い切れば、魔術具はただの指輪と化す。

アーサーの見立てでは、魔術具の貯蔵魔力はあと一、二回分で尽きる。そうなれば、ライアンはもう距離を詰められないだろう。──その残り二回を如何《いか》に吐かせるかの勝負だ。

勝利を前に、アーサーの口角が自《おの》ずと上がる。

第三棟のボスになってから久しく忘れていた、命とプライドの削り合い。闘志で血が滾《たぎ》り、感覚が鋭くなる。叶《かな》うならば、永遠にこの快楽に浸《つ》かっていたいとさえ思う。──だが、それももう終局だ。

「なにニヤついてやがる」

「それはお前もだろう、レランダード」

剣を構えながらも、ライアンの口元には微《かす》かな笑みが浮かんでいた。ライアンも、この闘争という宴《うたげ》に終わりが近づいてきていると分かっているのだろう。

アーサーが紋章に魔力を流すと、岩石の槍が星々の如《ごと》く無数に浮上した。

「本気で来い、元皇帝候補。──本気で迎え撃つ」

「元よりそのつもりだ！」

ライアンは剱《つるぎ》を上段に構え、大きく息を吸う。そして次の瞬間、地を蹴った。

惜しみなく放たれる槍。ライアンはそれを紙一重で躱し、徐々にアーサーへ接近していく。

魔術で相殺せず避《よ》けるということは、やはり貯蔵魔力は尽きかけている。アーサーは駄目押しにと再び岩石槍を顕現させ、更にライアンを攻め立てた。

「ちっ……！」

際限なく迫る槍にライアンは顔を歪め、指輪から《業焔魔術《レッドボンド》》を放って相殺させる。

──あと一回。

アーサーが心の中で叫ぶ。だが、ライアンはもう目の前にまで迫っていた。

「《業焔魔術《レッドボンド》》ッ！」

「《破顔する大地《エルデライド》》！」

二人が同時に魔術を行使し、指輪の詠唱文と左腕の紋章が光る。

アーサーとライアンの間で相殺される魔術。

岩石の破片が飛び散り、熱風が肌を焦がす。

しかし、アーサーはそんなことを意にも介さず、ライアンがいるであろう煙の奥を見据え、岩石のガントレットから刃を伸ばした。

魔術具の魔力は尽きたはずだ。もうライアンは馬鹿正直に突っ込んで来るしかない。

──それをいなせばアーサーの勝利だ。

煙霧の中から足音が聞こえる。だが同時に、ライアンの微かな声が耳に届いた。

「《──者》」

はっきりとは聞き取れない。だが、確かにライアンは何か喋《しゃべ》っている。

「《紅蓮《ぐれん》の奔流　焔《ほむら》の鏃《やじり》》」

朧気な輪郭が煙に浮かび、ライアンの声が近づいてくる。

アーサーの耳に届くのは聞いたことのあるフレーズだった。

「《空間を一路に貫け》」

アーサーは唇に歯を立て、驚愕《きょうがく》を押し殺す。

ライアンが口走っているのは《レッドボンドの業焔魔術》の詠唱。しかし、絶唱者であるライアンが行使できるはずがない。虚勢にすらなっていない、見え透いたハッタリ──のはずだった。

そんな思考を焼き去るように煙の中に灯った炎。それは一等星の如く輝きを放っており、アーサーの心臓を跳ねさせた。

「お前……！　何故《なぜ》ッ？」

「──《業焔魔術《レッドボンド》》」

煙から飛び出したのは、炎を纏《まと》ったライアンの拳。

何が起きたのか理解するより早く、アーサーの頬に拳がめり込んだ。

地面に倒れるアーサーへ、ライアンは剣を向ける。

最後の一撃は大きな賭けだった。

ライアンはルナーラの魔力があるとはいえ、魔術具に魔力を流したことも、《業焔魔術《レッドボンド》》の詠唱が成功したためしもない。

どちらかが成功すればいい。そんな考えのもと、二つの行使方法を同時に行い、結果として拳に炎が纏われたのだ。

「くっ……」

アーサーは苦悶《くもん》に顔を歪め、ゆっくりと目を開ける。

その瞳は落ち着いており、自分が敗れたことを理解している顔だった。

「……どういうことだ」

アーサーはライアンを見据えて問う。

「お前の魔術具にはもう魔力がなかったはずだ。何故、魔術を行使できた」

予想はしていたが、アーサーは魔術具の貯蔵魔力を考えて戦っていたらしい。ならば尚《なお》のこと、最後の一撃は理解できないだろう。

「今更聞いたところで意味はないか……」

どう答えたものか悩んでいると、アーサーは諦めたように自嘲した。そして、ローブのポケットから贖罪値《しょくざいち》を管理する魔石を取り出す。

「約束だ。持っていけ。六百万は貯《た》まってる」

アーサーは証明するように、魔石の表面をライアンに向ける。そこには確かに、六百万を超える値が表示されていた。

「こんなに……？　いいのかよ……？」

通常の授業と刑務作業をこなすだけでは、貯めるのに五年以上かかる贖罪値だ。熱戦を汚《けが》すつもりはないが、たかが一勝負に賭けていい額ではない。

「あぁ、俺にはもう必要ないからな」

アーサーは魔石をライアンに差し出す。

出所に必要な一千万にはまだ遠いが、大きすぎる躍進だ。

ライアンがそれを受け取ろうとした時だった。

突如、これまで感じたことのない悪寒《おかん》が走り、反射的に身を抱く。呼吸が荒くなり、眩暈《めまい》に襲われる。原因がライアンにないのは明白だった。

「……ルナーラ！」

ライアンは辺りを見回すも、どこに彼女がいるのか見当もつかない。だが、視界の端に見覚えのある少女が入った。

「ライアンッ！」

ロルが肩で息をしながら走ってくる。顎から玉の汗が滴《したた》り、目元は潤み、まるで洗顔した後のように顔中が濡《ぬ》れていた。

「何があった、ロル！」

「えと、えっと……、まず門《ゲート》があって、それで、メイディは魔族で……！」

「魔族だと……？」

息を切らしながら、どうにか状況を伝えようとする、ロル。

その口から飛び出した魔族という単語に、アーサーが反応する。

「それで……、ルナーラさんがっ！」

「ルナーラ……？　やっぱりルナーラに何かあったのか！」

「門《ゲート》から魔族が来て、ルナーラさんが逃げろって……」

状況は上手《うま》く摑《つか》めないが、ルナーラに何かあったのは間違いないようだ。

「ロル、ルナーラのところまで案内できるか？」

ライアンはロルの肩を摑み、視線を合わせる。

「うん……！　こっち！」

ロルに手を引かれ、ライアンは走り出した。

ルナーラに何が起きているのかは分からない。しかし、ルナーラから流れる魔力は明らかに恐怖を帯びている。駆けつけない理由はない。

「おい、魔石は――」

アーサーの声が遥《はる》か後方から響いていた。

＊

「があぁぁぁあっ！」

エリア六に悲鳴がこだまする。

咆哮《ほうこう》を上げた囚人は地に這《は》いつくばり、身体《からだ》を痙攣《けいれん》させていた。

「《壊れろ》」

「あぁぁ……！」

メイディの人差し指から雷が放たれ、穿《うが》たれた囚人が叫ぶ。

門《ゲート》を開く触媒を集める、という名目のもと遭遇した人類を片っ端からいたぶる、メイディ。

人類領に潜入してから数週間、人類という下等な生物の振りをし続けるのは、耐え難《がた》い苦痛だった。これくらい楽しませて貰《もら》わなければ割に合わない。

「あー、こいつも反応悪くなったかな」

倒れている男を、メイディは足で小突いた。

メイディと遭遇した時は、魔族なんかと息巻いていた囚人だったが、今となっては地面にへばりついて死にかけている。

「あーあ、思ってたよりつまんないなぁ……！」

メイディは、魔石の歯を軋《きし》ませながらぼやく。

人類の魔力量はメイディのような魔族と比べて圧倒的に少ない。しかも、ここにいる人類達は制魔輪《レストカラ》で魔力を制御されているため、もはや玩具《おもちゃ》にすらならないのだ。

まともに遊べそうなのはリーダー格の茶髪と、同室の橙髪《だいだい》くらいだ。リーダー格の男は極度の魔族差別主義者で、一挙一動が鼻についたし、同室の女は何かとベタベタ触ってきて、とても不快だった。あの二人をいたぶるのはさぞ気持ちがいいだろう。メイディは眼前に迫った快楽を思い、舌なめずりをする。

「――《水禍千波《リーパータイド》》」

その瞬間、何者かが固有名《ユニークネーム》を囁《ささや》き、激流で形成された矢がメイディに襲いかかる。

「《来るな》！」

メイディが叫ぶと、世界がその意図を汲《く》み取り、彼女の周りに電撃の壁を形成する。直後、水の矢と電撃の壁がぶつかり、バチバチと火花を散らしながら消滅する。

「誰だっ！」

見たところ行使されたのは、《アシレイの水矢魔術《すいし》》だ。しかも、魔力を制限された囚人が出せる威力ではない。

「魔力親和性が高い、というのはとても便利ですね」

コツコツと足音を立てながら現れたのは、制帽と制服に身を包んだヴィオレ・リーベン。エリア五の異常な魔力の乱れを察知し、駆けつけてきたのだろう。

「三六八番、私の監視下で脱獄をしようなんて、いい度胸ですね」

「あぁ、看守様か。お前の〝姿〟には世話になったよ。――《霹靂虚像《エレクトロミラージュ》》」

「っ！」

メイディが首に刻まれた魔術を行使した直後、ヴィオレは目元を歪《ゆが》めて呻《うめ》く。そして、メイディに顔を向け、目を見開いた。

「どう？　そっくりでしょ？」

メイディは自慢するように哄笑《こうしょう》する。

アーサーとその部下同様、ヴィオレにはメイディが主任看守である自身の姿に見えているはずだ。

《霹靂虚像《エレクトロミラージュ》》こと《アンピラの電影魔術《でんえい》》は対象の眼球に刺激を与え、幻覚を見せる魔術。幻覚を身に纏わせるには、相当な技術が必要だが、魔族でも稀《まれ》にみる魔力親和性を持つメイディには朝飯前だ。

「この姿なら馬鹿な囚人共は皆信用する。お陰で事がうまく運んだよ」

「私の姿を騙《かた》ったということですか……」

ヴィオレは持っていたロッドを両手で握り締め、殺意のこもった目でメイディを睨《にら》む。

自分の姿が脱獄に利用されていたのだから、そんな顔にもなるだろう。

「そうそう。その杖《つえ》、ちょうだいよ。人類共を運ぶのに使いたいんだぁ」

メイディは床に倒れる囚人を顎で指す。

「その杖、懲罰用に《グラディエッタの重力魔術》が刻まれてるでしょ？」

収監初日、メイディは黒髪と茶髪が《重力魔術《グラディエッタ》》で外に運ばれていくのを見た。それを使えば、囚人達を楽に運べるはずだ。

「ええ、刻まれてますよ。――今からお前に使ってあげましょう」

ヴィオレは得意げにロッドの先端をメイディへ向けた。

囚人の制魔輪《レストカラ》には懲罰用の魔術が刻まれている。囚人は看守に抗《あらが》えない。それがアインズバーグの絶対的ルールだ。──が、いつまで経《た》ってもメイディの身体は宙に浮かなかった。

「なっ！　何故です……！」

「まだ気付かないの？　私は幻覚を見せられるんだよ？」

メイディは、慌てふためく看守を鼻で笑い、いとも容易《たやす》く偽装用の首輪を外してみせた。

それでやっと、ただの首輪を制魔輪《レストカラ》と誤認させられていたと、ヴィオレは気付いたのだろう。いつも冷静な少女の表情が驚愕《きょうがく》に歪む。

「《水》──」

「──《貫け》」

ヴィオレが固有名《ユニークネーム》を言うより早く、稲妻が彼女の肩を貫いた。

地面へ倒れるヴィオレに、メイディは悠然と歩み寄る。

もはや二人の関係は、囚人と看守ではなく、魔族と人類だ。力関係は完全に覆っている。

にもかかわらず、ヴィオレはいまだ反抗的な目でメイディを睨んでいた。

「私を倒したところで、アデル様がすぐに駆けつけます！　お前達の企《たくら》みなどすぐに──」

「魔女がいないのは分かってるんだよ。今日は四季会談だもんね？」

「何故《なぜ》それを！」

ヴィオレの顔が驚愕に歪む。正直な人間だ。メイディが出まかせを言っているとは思わなかったらしい。だが、頭の回転は悪くないようで、すぐにメイディを睨みなおした。

「まさかお前が十一賢者を……！」

「あたりー。十一賢者のザケル・パスカルを殺したのは私。ぜーんぶ、私が仕組んだの」

メイディは歯の隙間から舌を出し、ヴィオレを見下す。

意図的に体内魔力を消費することで黒　壁《シュバルヴァルス》を越え、普通の魔族ならば衛兵に討たれるところを《霹靂虚像《エレクトロミラージュ》》で欺くことでエタリオンへ侵入した。

十一賢者のザケル・パスカルから魔女が不在になる日取りを聞き出し、ルナーラを脱獄させるためにアインズバーグに潜入したのも、全てアリゴアとメイディの策略である。

ついでに皇帝候補が絶唱者である情報を十一賢者に流し、罪を擦《なす》り付けた。唯一の誤算は、その絶唱者がルナーラと同室になったことだが、それは大した問題ではない。

「で、その杖くれるならお前だけは助けてあげてもいいけど、どうする？」

「断ります。殺して奪いなさい」

ヴィオレは即答し、まるで赤子を庇《かば》うようにロッドを抱きしめる。

素直に渡したところで助けるつもりはなかったが、強情な態度をとるなら尚更《なおさら》生かしておく理由もない。

「——じゃあ、《失《う》せろ》」

メイディが魔術を呟《つぶや》き、彼女の手中でバチバチと空気が焦げる。

身を更に縮こまらせるヴィオレ。

強情な人類の心を瓦解《がかい》させるのはたまらなく楽しい遊戯だ。メイディはヴィオレが自らロッドを差し出すまで痛めつけるつもりだった。

「——《業焔魔術《レッドボンド》》」

刹那の出来事だった。

メイディが魔術を発射しようとした瞬間、彼方《かなた》から飛んできた業焔が彼女を襲う。

メイディは咄嗟《とっさ》に指先を炎へ向け、雷の鞠《まり》を放った。

魔術同士が殺し合い、メイディの視界を煙が覆い隠す。

「誰だッ？」

メイディは怒りを露《あらわ》にし、喉を震わせる。

煙が晴れた時、そこにはメイディに罪を擦り付けられた黒髪の少年が、剣を構えていた。

「大丈夫か……ですか、ヴィオレ主任」

「は、はい……」

呆然《ぼうぜん》とするヴィオレの視線を背中に受けながら、ライアンは剣を構える。

「わ、私が治します！」

ロルが遅れて駆けつけ、負傷したヴィオレの肩を組手術《ハンズ》で治療する。血が地面に広がっていたが、致命傷にはならないだろう。

「誰かと思えばお前か、黒髪……！」

煙が晴れると、そこには憤怒《ふんぬ》に顔を歪めたメイディ・エクレールの姿。魔石の歯をガチガチと噛《か》み鳴らし、鼻で荒い呼吸を繰り返している。

「まさか、本当に魔族だったとはな、メイディ・エクレール……」

ここに来るまでの道中でロルに聞かされたが、口内に生え揃《そろ》った魔石を見れば信じるしかない。

「そうだよ、お前の大っ嫌いな魔族だよ。なのにお前は、ルナーラ様と仲良くしてさ。外じゃ、物乞いの男も、蹴られてる女の子も助けなかったのに都合がいいよねぇ！　なりぞこないの皇帝候補がさぁ！」

まくし立てるメイディに、ライアンは眉をひそめた。

時計塔での発言といい、やはりメイディは外でのライアンを見ている。しかも、〝あの夜〟の出来事を明確に話してくる。そして、ザケルの死体を見つける直前、眼球に電気のような刺激が走ったのを思い出した。――ライアンの思考は一つの確信に行き着く。

「お前だな……、俺を賢者殺しにしたてたのは……！」

柄《つか》を握る手に力が籠る。そんなライアンに、メイディは哄笑を上げた。

「だったらどうするの？　誰かに泣きついてみるの？」

「あぁ、お前を十一賢者にでも突き出して、俺の無罪を証明してやるよ」

「何？　私を倒す気でいるの？」

「俺は次期皇帝候補だぞ。お前如《ごと》きに負けるかよ」

「ふへっ……、ははは……」

ライアンの物言いに、メイディは堪《たま》らず笑いをこぼした。

「できるもんなら、《やってみろよっ》！《偽善者のっ》！《絶唱者がぁッ》！」

メイディは喉が張り裂けんばかりに叫び、彼女の怒りを具現化したような稲妻が幾重にも絡《から》み合いながらライアンを襲う。

「……っ！《業焔魔術《レッドボンド》》！」

ライアンは咄嗟に魔術具に魔力を流し、《業焔魔術《レッドボンド》》を行使する。が、魔力を上手《うま》く通わせられず、顕現した小ぶりの炎は重厚な電撃に一瞬で掻《か》き消された。

「ぐあぁぁァ！」

血管に針を通されているような激痛が、全身を襲い、ライアンは自分の声で鼓膜が破れそうなほど叫んだ。皮膚、筋肉、内臓、身体のあらゆる部位が悲鳴をあげる。

肉の焦げるにおいが鼻腔《びこう》に届く。頽《くずお》れ、頭が前に倒れようとした。

が、ライアンは地へ剣を突き立て、双脚で踏ん張る。――幸か不幸か真犯人を見つけたのだ、ここで倒れるわけにはいかない。

「ライアンっ！」

「下がってろ……、ロル」

駆け寄ろうとするロルを制し、ライアンは一歩、メイディへ踏み出した。

「まさか今ので生きてるとはね。殺すつもりで撃ったんだけどな。――《潰せ》」

冷たい声色でメイディが呟き、稲妻で形成された針が背中に降り注ぐ。――だが、ライアンは止まらない。

「……っ！　《壊れろ》！　《斬られろ》！　《擦り切れろ》！」

顔を引き攣《つ》らせ、魔術を連発するメイディ。

メイディが叫ぶ度に、あらゆる形をなした雷がライアンを襲う。

もはやライアンを動かすのは、メイディへ一矢《いっし》報いたいという執念だった。

ついには、メイディに刃《やいば》が届く距離まで迫り、ライアンは剣を振り上げる。メイディはライアンの執念に気圧《けお》されたのか、後退しようとせず、顔を引き攣らせるばかりだった。

――だが、ライアンの剣が振り下ろされることはなかった。

「……かっ！」

どれだけ強固な意志を持とうと、生身の身体《からだ》には限界がある。ライアンはついに膝を突き、口の端から鮮血が零《こぼ》れた。

「ライア――」

遠くからロルの声が聞こえる。もう耳も正常に働いていない。

メイディは満身創痍《まんしんそうい》のライアンを見下ろし、満足気に口角を上げた。

「やっぱり、人類なんて下等種族が！　魔族である私に敵《かな》うはずないじゃんっ！」

呼吸は荒く、頬には汗を垂らしながらメイディは勝ち誇り、人差し指をライアンの脳天に向けた。

「じゃあね、皇帝気取りの絶唱者。《朽ち――」

――その瞬間、何処《どこ》からか飛んできた岩石の柱に、メイディの身体が大きく後方へ吹き飛ばされた。

「まさか、本当に魔族がいるとはな……」

コツコツと後方から響く足音。

左腕に刻まれた紋章。魔石が連なったネックレス。そして、頬にできた火傷《やけど》の痕を見れば、誰かなんて聞く必要もない。

「エルデロ……」

「酷《ひど》いやられようだな、レランダード」

颯爽《さっそう》と現れたアーサーは、落ち着いた歩調でライアンの隣に立つ。

「次は誰が湧いてきたかと思えば、茶髪か……！」

壁に叩《たた》きつけられたメイディは、岩石の柱を押しのけ、立ち上がった。

アーサーの魔術が直撃したように見えたが、少しもダメージを受けた素振りはない。

「……なるほど。お前か、俺達を騙《だま》してたのは」

アーサーは後方にいるヴィオレを一瞥《いちべつ》し、何かを理解したようにメイディを睨《ね》めつけた。

「だったらなに？　魔族に騙されて、プライドでも傷ついたかなぁ？」

「いいや、今は人類だの魔族だの、そんなことを話してるんじゃない」

アーサーは静かに左手を握り締める。

その拳は地動のように震え、指間から血が滴《したた》ってきそうだった。

「お前は俺と俺の仲間を騙し、利用したな？」

アーサーが冷徹な声で問いかけた瞬間、岩石のガントレットが左腕に纏《まと》われる。

「よく覚えておけ、魔族。――このアインズバーグにおいて、俺をコケにした奴《やつ》に命はない。その身をもって償わせてやるっ！」

殺意と怒気に満ちたアーサー。その姿に鼓舞され、ライアンは満身創痍の身体に鞭《むち》を打ち、剣を上段に構えた。

「まだやれるだろ？　絶唱者」

「当たり前だろうが！　お前こそ俺に殴られた傷が痛むんじゃないか？」

「この程度で俺に傷を付けられたと思うな」

二人は目も合わせず、互いの双眸《そうぼう》で自らを貶《おとし》めた魔族に視線を向ける。

ライアン・レランダードと、アーサー・エルデロ。

二人の人類が、魔族の少女へ駆け出した。

＊

「何をしている……メイディ……！」

エリア五にある門《ゲート》の前で、アリゴアはメイディへの怒りを剝《む》き出しにする。

とうに門《ゲート》を構築する詠唱は済んでいる。あとはメイディが魔力となる人類を連れてくれば、魔族領へと繋《つな》がる門《ゲート》を開くことができるのだ。

「人類を集めるのに手こずっているのでしょう。この刑務作業は実力者が多いわ」

ルナーラは岩に腰掛けたまま、左中指の指輪に目を落とす。

ほんの少しずつだが、ルナーラは体内魔力が消費されるのを感じていた。きっと、《繋鎖輪舞《チェイン・ロンド》》により、ライアンがルナーラの魔力を使っているのだ。

つまり、今この時もライアンは誰かと戦っている。ルナーラはその相手がメイディであることを願うしかなかった。

「こうなれば……仕方ありません！」

アリゴアはわざとらしく悔恨を呟《つぶや》き、懐《ふところ》から立方体を取り出した。

銀色のそれは、六面全てにびっしりと詠唱文が刻まれており、たとえ魔術を嗜《たしな》む者でなくても異様な魔術具だと分かることだろう。

その立方体を見たルナーラは、勢いよく立ち上がった。

「アリゴア、貴方《あなた》っ！　虧盈箱《マギド・プレーナ》を持ち出したの？」

「ええ……。万が一の備えです」

アリゴアは口角を上げる。

　霹盈箱《マギド・ブレーナ》は闇月国《セレネール》に伝わる最終兵器だ。

　初代闇月王《ムーント》の魔石で作られた魔術具であり、三代目闇月王《ムーント》であるルナーラすら、どのような魔術が刻まれているのか把握していない。ただ、初代闇月王《ムーント》の血を引く王族しか起動できず、一度使えば国が一つ滅ぶという言い伝えのみ知っているだけだ。

　その危険性故に、歴代の闇月王《ムーント》しか隠し場所を知らないはずだが、それを持ち出せるアリゴアは現在の闇月国《セレネール》で事実上のトップということだろう。

「この霹盈箱《マギド・ブレーナ》を起動できれば、今すぐにでもこの監獄から脱出できるはずです」

　アリゴアはルナーラへ傅《かしず》き、魔石の生えた左腕で、小さな立方体を差し出す。

　霹盈箱《マギド・ブレーナ》が伝承通りの代物ならば、アリゴアの言う通り、監獄の結界を壊すことは可能だろう。あるいは、学院長である魔女を数時間無力化することもできるかもしれない。

「王族ではない私めでは霹盈箱《マギド・ブレーナ》を扱えません。ルナーラ様のお力をお貸しください」

　王族に代々伝わる魔術具を前に、ルナーラは心臓が高鳴っているのを感じた。

　今、ルナーラの目の前にある立方体を使えば、きっとアインズバーグから脱出できる。

　それだけではなく、闇月王《ムーント》として再度君臨することも可能なはずだ。そうなれば、ルナーラは今より有利な立場で、もう一度魔族と人類の共存を目指すこともできるだろう。

　ルナーラは頭部に生えた魔石を撫《な》で、失笑する。

「……私の選択肢は一つのようね」

聡明《そうめい》なルナーラの思考は、一つの回答に辿《たど》り着いた。

＊

二人の人類と、一人の魔族が交戦していた。

ライアンは《業焔魔術《レッドボンド》》と剣術で、アーサーは《破顔する大地《エルデライド》》で、魔族を攻め立てる。

メイディは数的不利な局面でありながら、首と口を忙《せわ》しなく動かし、二人の人類をいなしていた。

「《業焔魔術《レッドボンド》》っ！」

「《捻じ切れろ》！」

「《破顔する大地《エルデライド》》」

「《砕け散れ》！」

途切れることなく続く、焔《ほむら》と雷の、岩石と電撃の攻防。

「あぁっ！　《鬱陶しい》っ！」

隙間なく襲う二人の猛撃に、メイディは文字通り首が回らなくなり、叫ぶ。その瞬間、彼女を包み込むように電気の壁が形成され、ライアンとアーサーを無理やり遠ざけた。

「なかなかやるじゃないか……、レランダード」

「お前も相変わらずだな、エルデロ」

メイディから視線を逸《そ》らさず、二人は言葉を交わす。互いに息が荒くなっているのに気付き、強がって無理やり呼吸を落ち着けた。

「ウザイ……！　ほんっと、ウザイ！」

髪を振り乱し、肩で息をしながらメイディが叫んだ。歯を噛《か》み鳴らし、電気が飛び散る。

「もういいっ……！　もう楽しくない！　だから、ここで終わらせてやる。――《霹靂虚像《エレクトロミラージュ》》ッ！」

メイディの首に刻まれた詠唱文が光り、直後、ライアンとアーサーの眼球を微弱な電気が貫いた。

「くっ！」

賢者殺しの罪を着せられた夜や、時計塔で感じたものと同じ刺激を受け、ライアンは目を閉じる。

瞼《まぶた》を開けた瞬間、視界を覆い尽くしていたのは無数のメイディ・エクレール。ざっと数えただけでも、数十人は超えている。

「慌てるな、俺達の目を弄《いじ》って、幻覚を見せているだけだ」

「分かってるよ……！」

アーサーとライアンは背中合わせになり、メイディ達の動向を窺《うかが》った。

どのメイディも本物同様の外見で、隙を探るように舐《ねぶ》るような目と、ニヤついた笑みを向けている。一人を除いて幻覚だと分かっていても、本物を見つけることができない。

「仕方ないか――」

アーサーのガントレットから光が漏れ出る。今までのものより数倍強い光を見れば、アーサーが大掛かりな業を使うと分かった。

「《破顔する大地《エルデライド》》！」

アーサーが叫び、ガントレットで迷宮の大地を殴り付ける。その刹那、全てのメイディの足元が隆起し、岩石の槍《やり》が少女の四肢を串刺しにした。その光景は疎《まば》らに咲く石塊《いしくれ》の花のようであり、歪《いびつ》に生えそろった牙を模していた。

広範囲の魔術を行使したアーサーは、鼓膜を揺らす程の深い呼吸を繰り返す。――今ので魔力を使い切ったのだろう。

ライアンは首を勢いよく回し、深手を負ったであろうメイディを探す。だが、視界に映る全てのメイディが幻覚で、小さな電気を瞬《またた》かせて消えていった。

「――《ぶち抜け》」

小さな呟きがライアンの鼓膜を震わせたのはその時だった。

慌てて首を回し、魔術を行使したであろうメイディを探す。しかし、どこを見てもメイディの姿はない。

「そうじゃない、避《よ》けろっ！」

怒声が響き、横から力一杯押される。

地面に倒れ、顔を上げたライアンは目を剝《む》いた。今しがた自分がいた場所にはアーサーが立っており、脇腹に抉《えぐ》られたような風穴が空いていたからだ。

「ふへへっ！　黒髪を狙ったのに、当たり引いちゃった！」

突如虚空《こくう》から声が響き、何もない空間から、電気を散らしながら現れるメイディ。幻覚の中に紛れていたのではなく、そもそも姿を消していたのだ。

「何してんだよ！　お前！」

「ただの……判断ミスだ……」

嗄《しゃが》れた声でアーサーが呟き、その場に崩れ落ちる。

咄嗟《とっさ》にロルが駆け寄り、《炎癒魔術《オペラスラ》》を行使した。

「大丈夫？　アーサーくん！」

「喚《わめ》くな、傷に響くだろうが」

アーサーは青白い顔で浅い呼吸を繰り返す。

――ライアンは同じ光景を、見たことがあった。

腹部を穿《うが》たれた人類が倒れ、その傍《かたわ》らには魔族が立っている。奇《く》しくも母を亡《な》くした時と同じ構図。記憶の底に沈めていた場面を想起し、身体《からだ》が硬直した。

そんなライアンの肩を稲妻が貫き、身体が後方に転がる。

「ふへへははは！　やっと終わる。やっと気持ちよくなれる！」

歯茎を剝《む》き出しにし、顔を手で覆いながら歓喜に震えるメイディ。

「くそっ！《業焔魔術《レッドボンド》》……！」

ライアンは歯を噛《か》み締め、メイディに《業焔魔術《レッドボンド》》の指輪を向ける。だが、炎はライアンの眼前で火花を散らしただけで、火球を形成しない。

「うっ……」

次の瞬間、腹の底から湧き上がるような倦怠《けんたい》感がライアンを襲う。

直前まで身体に満ちていたルナーラの恐怖が一切感じられない。にもかかわらず、ライアンの手足は痺《しび》れ、視界がぼやける。初めての感覚にライアンの脳は混乱を極めた。

「どうかしたの？　魔力切れでも起こした？」

メイディは魔力がない絶唱者を嘲ったつもりだろうが、その発言は的を射ていた。――度重なる《業焔魔術《レッドボンド》》の行使により、ライアンに流れるルナーラの魔力が底を突いたのだ。

「ふんっ……、手こずらせやがって。《切り刻め》」

メイディが呟くと、世界がその意図を汲《く》み取り、ライアンに稲妻の刃《やいば》が降り注いだ。

「がっ……」

もはや叫ぶ気力もなく、ライアンは崩れ落ちる。

剣が手から零《こぼ》れ、ポケットに入れていた《伝達魔術《イベルト》》が地面に転がった。

「呆気《あっけ》ない終わり方だねぇ、絶唱者」

勝利を確信したメイディがゆっくりと、ライアンへ歩み寄る。

これもあの時と同じだ。

言われるがまま皇帝を目指して、自らを否定するように髪を隠し、魔力まで手に入れた。しかし、母を魔族に殺された日から何も変わっていない。結局、どれだけ力を付け、皇帝候補だと驕《おご》ろうが、ライアンはただの絶唱者なのだ。

＊

ルナーラは、アリゴアから差し出された虧盈箱《マギド・プレーナ》を手に取る。

初代闇月王《ムーント》の魔石で作られたそれは、夜闇の風を受けるように冷気を帯びていた。

「どうぞ、ルナーラ様。お使いください」

「……時にアリゴア。一つ聞かせてくれる？」

ルナーラは手中の魔術具に目を向けながら、アリゴアに問いかける。

「なんでしょう、ルナーラ様」

「私のいない三十年間、闇月国《セレネール》はどうしていたの？」

「……私めでは到底伝えきれません。ご自分の目で確かめてみてはいかがでしょう」

「伝えられるだけで構わないわ。王の命令よ、話しなさい」

ルナーラは紅《あか》い魔眼を光らせ、高圧的にアリゴアを睥睨《へいげい》する。

「……承知しました」

アリゴアはしばらく黙った後、頭《こうべ》を垂れたまま語り出した。

「ルナーラ様が捕らえられてから三十年、僭越《せんえつ》ながら私めが王の代わりとして国民を導いてきました。国民はルナーラ様を裏切った人類に恨みを募らせ、ルナーラ様の復活を待ち望んでおります」

「……そう。苦労をかけたわね、アリゴア。王としての務めはさぞ堪《こた》えたでしょう」

「いえ……、ルナーラ様の苦労と比べれば大したことはありません」

「……そうかもしれないわね。よく分かったわ、アリゴア。感謝する」

ルナーラは労《ねぎら》いの言葉をかけ、息を吐いた。

とても小さな疑心。今までのルナーラならば、有り得ないと切り捨てていた可能性。しかし、それを取り除かなければ行動には移せない。

「──使わないわ」

「なっ……」

ルナーラの決断に、アリゴアが声を漏らす。

「何故《なぜ》です！　ルナーラ様？」

「斷盈箱《マギド・ブレーナ》にどんな魔術が刻まれているか分からない以上、王として無暗《むやみ》に起動させることはできない。メイディ・エクレールが来るのを待ちましょう」

「しかし──」

「闇月王《ムーント》である私の決断に口を挟む気かしら？」

圧のこもった声で、アリゴアの言葉を遮る。それだけで、アリゴアは傅《かしず》いたまま何も言えなくなってしまった。

「斷盈箱《マギド・ブレーナ》は王である私が預かっておくわ。貴方《あなた》はメイディ・エクレールを探してきたらどうかしら」

ルナーラは虧盈箱《マギド・プレーナ》を持ったまま、アリゴアに背中を向ける。

「……承知しました」

小さな声で返事をするアリゴア。背後で、ゆらりと立ち上がる気配を感じる。

ルナーラはそのままアリゴアが去ってくれることを、切に願っていた。——だが、背後で灯《とも》った魔力の気配と、向けられる殺気がルナーラの願いを裏切る。

右腕に魔力を纏《まと》わせ、咄嗟に振り返るルナーラ。

刹那、ルナーラとアリゴアの腕がぶつかった。魔力で保護していたとは言え、重い一撃にルナーラの表情に苦悶《くもん》が浮かぶ。

「何のつもりかしら……？　アリゴア・ジャルバス」

「こ、これは違うのです、ルナーラ様っ！」

受け止められると思っていなかったのか、アリゴアは目を見開き、誤魔化すように後ずさる。

「魔力の残滓《ざんし》からして、《隷属魔術》かしら。間違っても王に向ける魔術ではないわね」

疑心が確信に変わり、ルナーラは息を吐く。

まるでこれまでの人生を振り返るような、長い、とても長い吐息。

胸の内に溜《た》まった悲しみと怒りを吐き終え、ルナーラは目付きを鋭くした。

「――あの日、私を裏切ったのは貴方ね、アリゴア・ジャルバス」

氷の刃で突き刺すように、鋭く冷徹な声色。

「な、なにを仰《おっしゃ》るのですル、ナーラ様……！　私が裏切るなんて！」

この期《ご》に及んで白を切ろうとするアリゴアに、ルナーラは追い打ちをかけるように疑念が芽生えた経緯を語る。

「先日、魔族の少女に魔術具を窃盗されかけた。その時思ったわ。魔族にも悪人はいる。人類がいつも悪いわけではないって。――笑える話でしょう？　あれだけ人類との共存を謳《うた》っていながら、私自身も無意識に人類を差別していた」

ルナーラは鼻を鳴らし、自嘲する。

「それで考えたわ。私はホーデガンの会談で人類に裏切られたとばかり思っていた。けれど、もしかしたら魔族《味方》に裏切られたのかもしれないとね」

そして、その疑念を消すべく、ルナーラは敢《あ》えてアリゴアに隙を見せた。結果として《隷属魔術》をかけられそうになり、芽生えた疑念は消えるどころか最悪のかたちで結実してしまった。

「貴方の目的は私の脱獄ではない。私に斷盈箱《マギド・プレーナ》を起動させ、戦争に使うことでしょう？」

闇月国《セレネール》が人類に敵対意識を持っている、という話は聞いていた。アリゴアはルナーラが不在の三十年間、闇月国《セレネール》の実権を握り、人類領へ侵攻するために着々と準備を進めていたのだろう。しかし、切札《きりふだ》となりうる魔盈箱《マギド・プレーナ》をどうしても起動できず、仕方なくアインズバーグ監獄学院に赴いたのだ。その証拠に、魔盈箱《マギド・プレーナ》に魔眼を向ければ、起動を試みた魔力の残滓がいくつも残っていた。

「もう一度聞くわ、アリゴア。三十年前のあの日、私を裏切ったわね？」

ルナーラは先程より声に抑揚を込めて問い詰める。

すると、俯《うつむ》く男からグッグッと湯が煮えたぎるような笑い声が漏れてきた。

「くっ、くくかははははっ！　相変わらず、頭は回る小娘だなァッ！」

ついには抑えきれず、アリゴアは雄叫《おたけ》びを上げるように、高らかに笑う。

「……認めるのね？　私を裏切ったと」

「あぁ！　認めてやるさ。あの日天井に魔術を仕掛けたのは俺だ。貴様と人類共を葬《ほうむ》るためになっ！」

礼儀正しい態度と言葉遣いは消え、アリゴアは叫びながら、髪を後ろに流す。幼い頃からアリゴアを見ていたルナーラだったが、こんな姿を見るのは初めてだ。きっと、これがこの男の本性なのだろう。

「そう……。本来ならば貴方を極刑に処すところだけれど、私は寛大な王よ。今すぐあの子を連れて帰れば貴方の裏切りに目を瞑《つぶ》るわ」

「いつまで王気取りだ、小娘！　──《紫電龍撃《エレランドラ》》」

アリゴアの左腕に刻まれた紋章が光を放ち、紫電で形成された龍が生成される。──《紫電龍撃《エレランドラ》》。アリゴアの創った特異魔術であり、彼が最も使用する奥義《おうぎ》だ。

「話を聞く気はないみたいね……」

ルナーラは後退しながら、ありったけの魔力を放出し、魔力の壁を形成する。──が、制魔輪《レストカラ》で制御された魔力量では、魔族の一撃を防げない。

紫電の龍はいとも容易《たやす》く魔力の壁を突破し、その胴体をルナーラの身体に絡《から》みつかせた。

「くっ……」

「人類に飼い慣らされた貴様が、俺に勝てるはずないだろう？」

龍の身体が縄のようにルナーラの身体へめり込む。

「終わりだ、元闇月王《ムーント》。死にたくなければ虧盈箱《マギド・プレーナ》を起動しろ」

「断るっ！　……貴方の思い通りにはさせない」

「拘束されても口だけは王気取りか……」

アリゴアは歩み寄り、高慢な態度でルナーラの顎を摑《つか》んだ。

「ならば無理やり従わせるまでだ。《洗脳魔術》、《隷属魔術》、小娘一人に言うことを聞かせる術など幾らでもある。……あるいは、無理やり子を産ませ、ソレに虧盈箱《マギド・プレーナ》を起動させる手もあるな。貴様の思想は好かんが、外見だけは――」

「ぷッ……！」

「っつ！」

ルナーラに唾を吐きかけられ、後ろへよろめくアリゴア。

ルナーラは嫌悪《けんお》と蔑みを込めて、魔族の男を睨《にら》んだ。

「私が貴方如《ごと》きに抱かれるはずないでしょう！」

「生意気な小娘がっ……！」

アリゴアは唾を拭いながら、龍の拘束を更にきつくする。

身体を締め上げられ、胸ポケットに入れていた《伝達魔術《イベルト》》の魔石が胸に刺さった。

「貴様の時代は終わったのだ、クレシェンド。これからは俺の時代だ。虧盈箱《マギド・プレーナ》を起動させ、魔族領も人類領も全て俺の手中に入れる！」

「……確かに、私の時代は終わったかもしれないわね」

雷が皮膚を刺す痛みに耐えながら、ルナーラは強がって笑みを浮かべた。

「——けれど、それは貴方も同じことよ。これからは魔族と人類《私達》の時代になる。魔族と人類、遥《はる》か昔に隔てられた種族が再び一つになる時がついに来たの！」

「この期に及んでまだそんな戯言《たわごと》を吐くかっ！」

「ええ、吐くわ！　やっと、希望が見えた。三十年ぶりに信じられる人類に逢《あ》えた！　魔族と人類は共に歩める。それを私達が証明するのだから！」

ルナーラは叫び、左手に拳をつくる。

そこに嵌《は》められた指輪は未《いま》だ何の光も熱も発していない。しかし、それがルナーラにとって最後の希望だった。

「だから……」

ルナーラは呟《つぶや》く。ここにいない想《おも》い人に向けて。

「貴方も私を信じなさい！　ライアン・レランダード！」

届くはずのない声が、迷宮にこだました。

*

「ずっと、ずうっと、気に入らなかったよ。なんでそんな必死になってるの？」

地面へ這《は》い蹲《つくば》るライアンを、メイディは蔑みのこもった目で見下ろす。

「なんにもできない絶唱者のくせして皇帝気取りでさぁ！　収監されたら今度はルナーラ様と仲良くしてっ！　魔族が嫌いなんでしょ？　なんで必死に戦ってるの？　《訳わかんない》」

メイディから飛び出した電撃が地面に飛び散り、ライアンは咄嗟《とっさ》に黒髪を抱えた。

抵抗しようという気が起きず、ただ恐怖に震え、自らを呪う。

その姿は、母を亡《な》くした時から何も変わっていない。剣術を身につけ、魔力を得ようと、ライアンは虐《いじ》められ、蔑まれ、差別される存在。誰もアルバートの息子として扱わず、誰も皇帝の器と認めない。ルナーラの魔力がなければ、黒髪の絶唱者でしかないのだ。

いっそこの場で殺してほしい。そんな思考が頭に過《よぎ》ったその時だった。

『断るっ！　……貴方の思い通りにはさせない』

幻聴ではない。

「ルナーラ……？」

ライアンは首を上げ、辺りを見回す。だが、銀髪赤眼の魔族は何処《どこ》にも見当たらない。

『拘――口だ――か……』

次に、男の声が響く。地面に落ちた《伝達魔術《イベルト》》の魔術具がルナーラと男の会話を拾っているのだ。

――今この瞬間も、ルナーラは戦っている。

それに気付いたライアンは不思議と微笑がこぼれ、胸に火花が散るのを感じた。

「……何笑ってるっ！」

「いや……、お前の言う通りだと思っただけだ、メイディ・エクレール」

這い蹲っていたライアンは地面に手を突く。

至るところから出血し、体力も魔力も尽きた。だが、胸に灯った炎は、弱まることを知らない。

「お前の言う通り、俺は絶唱者だ。魔力がなければ、一人じゃなにもできない。……誤魔化すみたいに肩書ばかり追いかけてた」

上半身を起こすと、滴《したた》った血が地面に幾つもの点を描く。

左手に《伝達魔術《イベルト》》の魔術具を摑み、右手に摑んだ剣を杖《つえ》のようにして立ち上がる。

「でも、ルナーラは……、こんな俺を真っ当に扱ってくれた。助けてくれて、食事をくれて、力と夢を託してくれた。――俺はもう、這い蹲ってる〝あの頃〟の俺じゃない！」

「っ……！《だったらなんだよ》！」

メイディの叫びが閃光《せんこう》となり、ライアンの右肩を貫く。

噴き出し、剣の先から滴る鮮血。

だが、ライアンはもう倒れない。決意と闘志の滲《にじ》んだ、全てを刺し貫くような鋭い目付きでメイディを見据える。

『ええ、吐くわ！　やっと、希望が見えた。三十年ぶりに信じられる人類に逢えた！』

手に持つ魔石から、ルナーラの声が響く。

「感謝するメイディ。お前のおかげでやっと気付けた」

『魔族と人類は共に歩める。それを私達が証明するのだから！』

「俺は絶唱者だ。でも、そんな俺を信じてくれる人がいる」

『だから……』

「だから俺は――」

ライアンは左手の魔術具を握り締める。

魔術具からルナーラの声が響き、彼女の魔力が燃え盛っていた。

『貴方《あなた》も私を信じなさい！　ライアン・レランダード！』

「俺を信じてくれる奴《やつ》のために戦いたいんだ！」

共鳴する、人類と魔族の叫び。

その瞬間、ライアンの右手から眩《まばゆ》い銀色の光が放たれる。

全てを浄化する月光のような、慈愛に満ちた輝き。

まるで、母の腕に包まれているようで、ライアンは体内を駆け巡る〝熱〟に身を任せた。

光が収まり、ライアンは中指の指輪に目を落とす。

まるで空に浮かぶ満月のように光を放つ、センターストーンと、アームに刻まれた黒と銀の詠唱文。経路が完全に構築されたことで、それを象徴する指輪も完全な形となったのだ。

「これが……ルナーラの魔力……」

《繋鎖輪舞《チェイン・ロンド》》により流れるルナーラの魔力は、これまでと比べ物にならないほど膨大で、ライアンの心中を全能感が満たす。──これならば……。

ライアンは鋭い目付きで、対峙《たいじ》する魔族を睨《ね》めつける。

メイディは目を疑った。

突如瞬《またた》いた銀色の光が消えると、そこにいたのは先程と同じ、黒髪の絶唱者。全身から血を流し、いくつも痣《あざ》をつくり、満身創痍《まんしんそうい》だ。

──だが、何かが違う。

先程まで、息を吹きかければ倒れそうだったのに、今の黒髪からは〝何か〟が溢《あふ》れていた。まるで感覚を確かめるように右手を見下ろし、指をゆっくりと動かしている。

ふと、頬を虫が這うような不快感が襲い、メイディは顔を叩《たた》いた。掌《てのひら》を見ると、そこには一滴の雫《しずく》。――冷汗をかいたのだ、と理解するのに、メイディは数秒の時間を要した。

「……ふへ？」

胸が激しく上下を繰り返している。魔石の歯がガタガタと震え、メイディに警鐘を鳴らしているようだった。

「ふざけるな……！」

メイディは自らを叱責する。

相手はたかが人類。しかも、絶唱者。明らかにメイディが格上だ。

――だが、絶唱者の双眸《そうぼう》に睨まれた瞬間、メイディは呼吸を止めてしまった。器は間違いなく絶唱者。だが、その内から溢れる〝風格〟は間違いなく王のそれだ。

「――え、《霹靂虚像《エレクトロミラージュ》》！」

咄嗟に叫び、メイディは《電影魔術《アンピラ》》により、大量の幻覚を出現させ、自身の姿を消す。

無数に出現する、精巧な幻覚。――だが、魔力を得た今のライアンには、本物のメイディを見つける術《すべ》があった。

ライアンは思い出す。ルナーラが呟いていた詠唱文を。――魔族の魔石も探知してしまう、失敗作の魔術にして、メイディを見つけ出す最強の切札《きりふだ》を。

「――《我は求める者　空間に満ちた奇跡の素よ　元素で充《み》ちた結晶に導け》」

正式名も知らない魔術の詠唱を終えた瞬間、ライアンの瞳孔に銀色の光が灯《とも》る。

その瞳は、三日月のように輝く黄色の魔石を映した。

「……そこか」

ライアンは、メイディへ疾駆する。

まさか見つかるとは思っていなかったのだろう、メイディの口元が驚愕《きょうがく》に歪《ゆが》んだ。

「ッ……！　《止めろ》！」

電気の障壁がライアンの行く手を阻《はば》む。が、魔術具によって行使された《業焔魔術《レッドボンド》》によって掻《か》き消される。もはや弾数が尽きることはないのだ。

「――《空間を満たす万物と奇跡の素よ》」

詠唱を開始する、ライアン。

一度も成功したことがない、最上位の魔術。だが、ルナーラの魔力が満ちている今、ライアンはこれまで以上に魔力の存在を感じられている。不可能なことなどない気がした。

「《世界を包む嬋媛《せんえん》な闇よ》」

「っつぅー！　《弾《はじ》け》！　《潰せ》！　《壊せ》！」

何度も叫び、電撃を繰り出し続けるメイディ。

ライアンはそれを避《よ》け、斬り伏せ、《業焔魔術《レッドボンド》》で相殺《そうさい》する。

「《抱擁と愛撫《あいぶ》と寂滅》」

「《壊せ》！　《壊せっ》！　《壊れろぉお》！」

だが、ライアンは一瞬も止まることなく、メイディは苛立《いらだ》って言葉を紡《つむ》ぐ。

少しも淀《よど》まないライアンに、ついには剣の間合いまで詰めた。

「《今許りは慈愛を捨て《ばか》　因果律を灼《や》け》！　──《冥闇色帝《アスモデウス》》」

固有名《ユニークネーム》を宣言した刹那、刀身を包み込む闇の炎。

ルナーラの詠唱と比べて出力は劣る。しかし、目の前の少女を倒すには十分だ。

「《来るなああぁぁアァァアぁアっ‼》」

腹の底から捻《ひね》り出されたような咆哮《ほうこう》。世界はそれでもメイディの意思を汲《く》み取り、彼女の周りに濃密な電気の壁を形成する。

真っ向から衝突する闇の剱《つるぎ》と雷の壁。

双方一歩も引かない競《せ》り合い。

「なんで……！　なんで魔術が使えるっ！」

黒い火の粉が舞い、稲妻が空気を焦がす中、メイディが問う。

「お前っ！　絶唱者じゃないのかっ？」

魔力を消費し、互いを貪り合う二つの魔術。──だが、ついには障壁に罅《ひび》が入った。

得物を振り下ろされ、雷の障壁が空気へ溶ける。

がら空きになったメイディ。

その目は信じられないものを見るように、開ききっていた。

そんなメイディの身体《からだ》を、ライアンは切り返した剣で躊躇《ちゅうちょ》なく裂く。

皮を切ったような、致命打には遠い一閃《いっせん》。しかし、燃え移った《冥闇色帝《アスモデウス》》の闇は、一瞬でメイディの身体を飲み込んだ。

「あぁあ《ああ》ぁあああぁ《あぁあああ》！」

メイディの絶叫がこだまし、いくつもの雷鳴が空間を裂いた。

《冥闇色帝《アスモデウス》》は魔力に反応する。魔族であるメイディに逃れる術はない。

「──あぁ……」

消えてしまいそうな声を漏らし、背中から倒れるメイディ。辛《かろ》うじて残った意識で、ライアンに目を向ける。

「お前、何者だ……！」

魔力のない絶唱者が魔術を行使し、魔族を討った。

メイディからすれば、矛盾でしかない。

ライアンは兜《かぶと》のない、黒髪を晒《さら》した頭で不敵に笑う。

「知ってるだろ？　――ライアン・レランダード。絶唱者だ」

＊

「貴方も私を信じなさい！　ライアン・レランダード！」

『俺を信じてくれる奴のために戦いたいんだ！』

胸の魔術具から声が響いた瞬間、ルナーラの左手から放たれる光。

「まさか……！」

ルナーラは左手の指輪に目を向ける。

銀と黒に輝きながらアーム部分に刻まれていく詠唱文。それが輪を一周した瞬間、夜闇を照らす望月《もちづき》のような宝石が中心に据えられ、ルナーラの魔力が流れ出る。――経路が完全に構築されたのだ。

「ようやく……、ようやく私に心を開いたのね、ライアン……！」

ルナーラは湿った声で囁《ささや》く。その声が誰かに届くことはなかったが今は十分だ。

「小娘、貴様何をした？」

腕を大きく振り、アリゴアは喚《わめ》く。そんなかつての下僕を、ルナーラは嘲笑した。

「光栄に思いなさい、アリゴア。貴方は、私達が踏み出す一歩の礎《いしずえ》となるのよ」

《繋鎖輪舞《チェイン・ロンド》》の指輪は、経路を構築するためのものであり、魔術具だ。

ルナーラは流れ出る魔力を指輪に集め、ライアンとの間に生成された魔術を行使する。

視界を塗り潰すほどの光を放つ指輪。

その光は繭のようにルナーラを包み込み、全てを蹂躙《じゅうりん》するかの如《ごと》く吹き荒れる暴風が、紫電の龍を掻き消す。

ルナーラは光の中で、左手から溢れる魔力が絡《から》み付き、形をなしていくのを感じていた。

光が弾け、風が止《や》む。

そこに佇《たたず》んでいた少女は、自らの装《よそお》いを見下ろした。

囚人服の代わりに纏《まと》うは、黒と銀を基調としたドレス。

舞踏会にでも出かけるような豪奢《ごうしゃ》な装飾で、その威厳を纏った姿を見れば、誰もが少女に敬意と畏怖を抱くことだろう。

「……悪くないわ」

ルナーラは感嘆の声を漏らし、スカートの裾を摘《つま》みながら、全身を見回す。

「そうね……。さしずめ、《月華装束《クローラ・デ・ルーナ》》とでも名付けようかしら」

ルナーラは今決めた固有名《ユニークネーム》を呟《つぶや》く。

機動性は良くなさそうだが、三代目闇月王《ムーント》として君臨していた頃を想起させるデザインだ。纏っているだけで当時の威厳が蘇《よみがえ》るようである。

「ど、どういう……ことだ……？」

アリゴアは狼狽《ろうばい》する。

少女が魔術を行使したかと思えば、拘束を解き、見知らぬ衣装を纏っていたのだ、そんな反応にもなるだろう。

「分からないなら、教えてあげる」

ルナーラは黒色のスカートを翻《ひるがえ》し、高らかに宣言する。

「――私の夢は、戯言《たわごと》ではなかったということよ」

口角をあげ、勝ち誇るように笑みを見せつけるルナーラ。

魔族と人類の間に信頼関係は築ける。心を開き、絆《きずな》を育むことができる。――今、ルナーラが纏っている装いこそ、その何よりの証拠だ。

ルナーラはドレスを見せつけるように、クルリと回り、まるで舞踏にでも誘うようにア

リゴアへ手を差し出す。

「来なさい、アリゴア・ジャルバス――かつての家臣よ。王を裏切った罪、その身で償わせてあげるわ」

「ふざけやがってぇえ！　――《紫電龍撃《エレランドラ》》アッ！」

アリゴアは鼻の穴を膨らませ、怒りのままに《紫電龍撃《エレランドラ》》の紋章を光らせる。

顕現した龍は、ルナーラを拘束したものより遥《はる》かに巨大で、縦に開かれた口は人を一呑みできる大きさだ。

まともに喰《く》らえば、致命傷になる一撃。だが、ルナーラは魔術を行使しようとしない。

それどころか、唇一つ動かさず、ただ悠然と佇むだけだった。

龍の牙が《月華装束《クローラ・デ・ルーナ》》に食い込み、衝撃と爆風が一帯を包む。その光景を見れば、誰もがルナーラの死と、アリゴアの勝利を確信することだろう。

「安心しろ、クレシェンド。お前に死なれては俺が困る。すぐに治療を――」

「――いいえ、その必要はないわ」

立ち上る煙の中から響くルナーラの声に、アリゴアは驚愕で身体を固める。

煙が晴れ、そこにいたのは、身体はもちろん装いにも傷一つ付いていない、ルナーラ。

まるで何事もなかったように指輪の詠唱文を眺めていた。

「貴様っ！　一体何をした？」

取り乱したアリゴアは唾を撒《ま》き散らしながら、ルナーラに問う。

ルナーラは不敵な笑みを浮かべ、左手の甲をアリゴアに見せつけた。その指間を紫色の電気がチカチカと瞬《またた》く。

「《月華装束《クローラ・デ・ルーナ》》は、受けた魔術を魔力に還元する魔術なのよ」

「っつ！　そんな馬鹿げた魔術が有り得るわけ――」

「ええ、当然全ての魔術を吸収できるわけではないわ。私が仕組みを理解できる魔術だけよ」

ルナーラは指輪のアームに刻まれた詠唱文を読みながら答える。

魔術の仕組みとは、使用言語と詠唱文に始まり、構築理論、魔力運用等々、魔術を行使する上で必要なもの全てを指す。

魔術の行使から着弾までの短い時間で、相手がどの魔術を使用したのか判断し、詠唱文を解析するなど不可能に近い。豊富な魔術の知識と、魔力を映す魔眼を持つルナーラだからこそできる芸当だ。あるいは、アリゴアが《紫電龍撃《エレランドラ》》を使うと見越していたからこそ、《月華装束《クローラ・デ・ルーナ》》が発動したと言える。

だが――

「出任せを言うなっ！」

アリゴアは絶叫する。

「俺の《紫電龍撃《エレランドラ》》は特異魔術だぞ！　仕組みを理解できるはずがない。創術してから四十年間、誰にも詠唱文を見せていない！　紋章化させる時だって一説ずつ別の……」

そこまで喚いて、アリゴアは口を止める。

これまで詠唱文を秘匿し、固有名《ユニークネーム》まで使って魔術の全貌を隠してきた。それだけの対策をすれば普通、魔術を解析されることはない。——だが、唯一有り得る可能性に気付いたのだろう。

「まさか……、まさか貴様……！」

「《形成されよ迅雷　這行《しゃこう》せよ巨頭》でしょう？」

ルナーラの言葉に、アリゴアは息を詰まらせ、現実を否定するように、小さく首を横に振る。

ルナーラが呟いたのは、《紫電龍撃《エレランドラ》》の三、四節目。——ルナーラは一度その魔術を受けただけで、アリゴアが誰にも公開していない詠唱文を的中させたのだ。

「さほど難しいことではないわ。そもそも、貴方《あなた》が雷明王《ヴィバルト》の魔術書を熟読しているのは知っていたから。となれば使用言語と理論も想像がつく」

「そんな……、そんなこと有り得てたまるものか……！」

「――貴方、私を誰だと心得ているの？」

ルナーラは冷酷な瞳でアリゴアを睨《にら》み、誇るように胸に手を当てる。

「私は三代目闇月王《ムーント》にして、三日月の賢王と謳《うた》われた、ルナーラ・クレシェンドよ？　貴方の魔術を看破するなど、朝飯前だわ」

その堂々とした姿は間違いなく魔族の王そのもので、誰もルナーラを囚人だと思わないだろう。

「っ！　認められるか……、そんなふざけたこと、認められるかァ！　《紫電龍撃《エレランドラ》》！」

アリゴアは我を忘れ、自らの特異魔術を連発する。

数十体の龍が迫る中、ルナーラは呆《あき》れたようにため息を吐いた。

「せっかくの機会だし、私が貴方の魔術を〝添削〟してあげるわ。貴方に限った話ではないけれど、魔族は魔力量にかまけて詠唱文の精度を疎《おろそ》かにしがちよ。まず基本中の基本、祝詞《のりと》だけれど――」

ルナーラは人差し指を立て、タラタラと《紫電龍撃《エレランドラ》》について持論を語る。

その間、紫電の龍がルナーラへ襲いかかるが、そのどれもが《月華装束《クローラ・デ・ルーナ》》に触れた瞬間、虚空《こくう》に散り消えていった。

「――よって、私ならこう詠唱するかしら。――《空間を裂く閃光《せんこう》よ　世界を照らす瞬《また》き
よ　形成されよ迅雷　這行せよ巨頭　金鱗《きんりん》に満ちて顕現し　憤懣《ふんまん》を解放せよ》――
《紫電龍撃《エレランドラ》》」

六小節の詠唱が唱えられ、宣言される、固有名《ユニークネーム》。

それと同時に雷鳴が轟《とどろ》いたかと思えば、ルナーラの背後に顕現する、巨大な雷の龍。

ルナーラとアリゴアを囲い込むような胴体を持ち、これまでにアリゴアが形成した龍を全て足し合わせても、この雷の化身には敵《かな》わないだろう。

「私は貴方から受けた魔力しか使っていない。どう？　詠唱一つでここまで変わるのよ」

「みぃ、ミィ！　認められるかァあぁああ！」

アリゴアは左半身全ての魔石を光らせ、ありったけの魔力で《紫電龍撃《エレランドラ》》を放つ。しかし、それでも、ルナーラのものより小ぶりな龍が形成された。

雷鳴を轟かせ、真っ向から衝突する二匹の龍。詠唱文が違うとは言え、理屈は同じ魔術。

――小さな個体が勝つ道理はどこにもない。

ルナーラの龍は、紫電の龍と行使者であるアリゴア諸共《もろとも》、その巨大な顎で飲み込んだ。

アリゴアは悲鳴を上げただろうが、それすらも雷鳴にかき消される。

「どうかしら、アリゴア。自らの魔力と魔術に敗れる気持ちは？」

ルナーラはアリゴアへ問いかけるも、地面へ倒れたかつての家臣は声帯を震わせることすらできない。

「ルナーラっ！」

その時、ライアンの声が響いた。

ライアンは満身創痍《まんしんそうい》の身体《からだ》を引きずりながら、ルナーラが待つエリア五を目指す。ロルに《炎癒魔術《オペラスラ》》で応急処置をしてもらったとは言え、身体中が痛い。

エリア五に到着すると、鮮やかな銀髪の少女が目に入り、ライアンは声をかける。

「ルナーラっ！」

「……ライアン」

ルナーラはライアンに気付くと、スカートの裾を摘《つま》みながら駆け寄ってくる。

何故《なぜ》か、見慣れない黒と銀のドレスを纏っており、どこかの城から逃げ出してきたお姫様かと錯覚してしまう。しかし、見とれている場合ではない。

「悪かった、ルナーラ。俺――」

ライアンはルナーラと合流せず、アーサーと戦いに行ったことを謝罪しようとする。

だが、ルナーラの人差し指がライアンの唇を止めた。

ルナーラは笑みを浮かべながらライアンの目を見上げ、小さく首を横に振る。

「謝る必要なんてないわ。結果として経路が構築され、この装束を纏えたのだから」

ルナーラは見せびらかすようにその場で回る。スカートがふわりと舞い、弧を描いた。

「ところで、なんでそんな服着てるんだ？」

「……そう言えば貴方には指輪の魔術を話していなかったわね。──端的に言えば私と貴方の信頼の結晶よ。……つまりは貴方が私に着せたようなもの。な、なにか感想を言ったらどう？」

ルナーラは少し頬を赤らめ、ライアンにドレスを見せつける。

ライアンは、ルナーラの言っていることがよく分からなかったが、とりあえず素直に第一印象を伝えるべきだろう。

「まぁ、なんだ……、綺麗《きれい》だと──」

「ガッっ……！」

目を逸《そ》らしながらライアンは呟《つぶや》く。が、最後まで言い切る前に、何者かの蛮声が遮った。

見れば、左半身に魔石を生やした男が、口の端から血を垂らしながら立ち上がろうとしている。

「まだ立つの、アリゴア……」

「……誰だ、その人類はァ！」

アリゴアと呼ばれた魔族は、ライアンを顎で指す。

名前からして、奴《やつ》が門《ゲート》から現れた魔族であり、ルナーラの元家臣だろう。

「俺か？　俺はライアン・レランダード。……あとは見ての通り絶唱者だ」

「それと、付け足すなら貴方の敗因ね」

「どこまで愚弄する気だ、小娘！　俺がこの人類に敗れたとでもいうのか？」

「ええ、その通りよ。《月華装束《クローラ・デ・ルーナ》》は私とライアンによって生まれた魔術。貴方がこの男に敗れたと言っても、過言ではないでしょう？」

ルナーラは自慢するように、ライアンの肩に手を置く。

その光景をアリゴアは忌々《いまいま》しげに睨んでいた。

「……ルナーラ、下がってろ」

ライアンは咄嗟《とっさ》にルナーラの前に出ると、剣を抜く。アリゴアはライアン以上に満身創痍だが、その目には明らかに殺意が宿っている。──まだ戦う気だ。

「俺が……、人類に敗れただと……？　この闇月国《セレネール》の王である俺が、人類如《ごと》きに？」

ボソボソと呟くアリゴア。その度に、アリゴアの額から生えた魔石が破裂しながらその全長を伸ばし、素肌から新たな魔石が突き出す。

「まさか、怒りで魔活性を起こしているの……?」

「なんだよそれ!」

「脱皮のようなものよ。それよりまずいわ!」

アリゴアのシルエットは、とうに人間のそれを留《とど》めていなかった。

身体の至るところから魔石が突出し、それら全てが互いに共鳴しながら電撃を発生させ、火花を散らしている。

「俺が人類に敗れるなど! 認めてたまるものかぁあ aA Aaa! 潰 si て yaruUU ッ!」

声帯すら魔石に侵されたのか、アリゴアは言語未満の音で叫ぶ。もはや、魔石を持つ人間ではなく、這魔石《意志を持った魔石》そのものと言える。

ライアンとルナーラの死という結果のみを望む、破滅の権化《ごんげ》。今更意思の疎通はできないだろう。

「ああなってしまった魔族を倒すのはほぼ不可能よ……」

共有されている魔力により、ルナーラの焦《あせ》りがライアンの体内に流れ込んでいる。だが、ライアンは冷静な思考で、状況を分析する。すると、ライアンが来た時には閉まっていた門《ゲート》が、今は少しだけ開かれていた。

「俺があの門《ゲート》までアイツを押し返す」

「……なるほど。アリゴアの魔活性に呼応して、扉が開かれたようね。——できるの？　ライアン」

ルナーラの問いかけにライアンは微笑で応え、黒髪を撫《な》でる。

「当然だろ、俺を誰だと思ってる」

「愚問だったわね」

ライアンは剣を構え、ルナーラは左手をかざす。

「私は門《ゲート》の出口を変える。貴方は持てる全てを使ってでも奴を斬り伏せなさい！」

「任せろっ！」

ライアンはアリゴアへ疾駆し、ルナーラが詠唱を開始する。

魔石に全身を覆われたアリゴアが叫び、稲妻が激流のような勢いで所構わず飛び散った。しかし、もはや知性まで魔石に侵食されているのか、アリゴアの魔術は躱《かわ》しやすく、ライアンの敵ではない。——これならば、勝てる。

「——《空間を満たす万物と奇跡の素よ》！」

アリゴアへと距離を詰めながら、ライアンは詠唱を開始する。

「GAAAAaAa‼」

「《冥闇色帝《アスモデウス》》ッっ！」

アリゴアとライアンの雄叫《おたけ》びが重なる。

アリゴアの口から放たれた閃光を、闇を纏《まと》った刃《やいば》で真っ向切りにする。

相殺《そうさい》される二つの魔術。

だが、ライアンは止まらない。

アリゴアが次の魔術を行使するより早く、剣に紅蓮《ぐれん》を纏わせた。

「――《業焔魔術《レッドボンド》》ぉおおお！」

魔石を砕き、肉を裂く炎の刃。

アリゴアは悲鳴を上げながら後ずさる。

ライアンは間髪入れずにアリゴアを斬り続け、刃を立てる度に飛び散る、魔石と血。

ついには門《ゲート》の前まで追い詰められたアリゴアに、背後からルナーラの声が響き渡った。

「――《かの者を終点に導け》！《転移魔術《ガナダダ》》」

ライアンがアリゴアの胸へ刃を突き刺した瞬間、ルナーラの詠唱に呼応した門《ゲート》が大きく開かれた。

門《ゲート》の先に広がっていたのは、視界を覆うような〝黒〟。――ルナーラは門《ゲート》を、人類領と魔族領の間に聳《そび》える黒壁《シュバルヴァルス》の上に繋《つな》げたのだ。

「魔活性状態とは言え、絶唱石の塊には敵わないでしょう？」

魔族は口を大きく開け、言葉にならない叫びを虚空に響かせる。

ライアンが剣を抜いた瞬間、穴の空いた風船のようにアリゴアは黒壁《シュバルヴァルス》へと落ちていく。

だんだんと小さくなっていく巨大な魔石《アリゴア》。そして、黒壁《シュバルヴァルス》に触れた瞬間、まるで陶器が割れるかの如く、黄色の魔力が飛び散り、黒壁《シュバルヴァルス》に亀裂が入った。絶唱石は魔力を抑制する。そこに魔力の塊が落ちれば、ただでは済まないだろう。

「……終わった、のか」

幾度もの激戦を終え、限界を超えたライアンの意識が朦朧《もうろう》となる。

傾く身体。このまま倒れれば硬い地面に直撃するのは分かっていたが、一刻も早く身体を休めたかった。

しかし、ライアンを迎えたのは冷たい地面ではなく、温《ぬく》もりのある柔らかい感触。

「よく頑張ったわね、ライアン・レランダード」

優しい声色と心臓の音が耳に届き、落ち着く香りが鼻腔《びこう》を通る。

朦朧とした意識では何が起きているのか分からなかったが、とても心地よいのは確かだ。

温かな感触が頭部に当てられる。――誰かに髪を撫でられたのはいつぶりだろうか。

終章　囚人諸君……

脱獄騒動から一夜明け、ライアンは看守棟の最上階にある学院長室へ呼び出されていた。

「三七二番を連れてきました」

ヴィオレ主任看守がノックし、学院長室の扉を開ける。いつもの如く、制帽と制服をきっちり着こなしており、ライアンに部屋へ入るよう、顎を動かした。

「……失礼します」

「あぁ、来たの」

部屋の最奥《さいおう》の机に座す、白髪の魔女。ライアンをこの監獄学院に入れたアデル・クロウリーである。

学院長室は山のように積まれた魔導書や、埃《ほこり》を被《かぶ》ったガラクタが散らばっており、まるで子ども部屋、あるいは博物館のようだ。

「とりあえず座ったら？」

アデルが指を鳴らすと、部屋の隅にあった椅子がガラクタを押し退《の》けながら、ライアンの背後まで飛んでくる。

「何か食べる？」

飛んできた椅子にライアンが座ると、今度はケーキの載ったデザートトレイが浮遊してきた。が、いつから置いてあるものなのか、明らかに腐っている。

「あぁ、ごめんなさい。長生きしていると、食に無頓着になるのよ」

アデルは指を立て、デザートトレイを自分のもとへ下げると、明らかにカビの生えたビスケットを摘《つま》み上げた。

ライアンは、白髪の魔女がビスケットを齧《かじ》る様を胡乱《うろん》な眼差《まなざ》しで見つめていた。説明もないまま突然白髪の魔女に呼び出されたのだから、警戒してしまう。

「昨日は相当活躍したらしいわね、絶唱者」

アデルは唐突に話を切り出すと、不敵な笑みで頬杖《ほおづえ》をつく。

魔族が企てたルナーラの脱獄騒動は、ライアンが首謀者であるアリゴアを追い返したことで終結した。その後、刑務作業は中止となり、回復したヴィオレによって、囚人達は迷宮から解放されたのだ。

門《ゲート》を開く魔力とされていたアーサーの部下達には、軽傷と魔力切れの症状が見られたが、命に別状はなく、アーサーが贖罪《しょくざい》値を消費することで無事に治療されたらしい。騙《だま》されていたとはいえ、仲間を危険に晒《さら》した責任をとったということだろう。

「……で、今回の実行犯である魔族の娘だけれど」

魔族の娘とは間違いなくメイディ・エクレールのことだ。

アーサー達を騙して門《ゲート》を開かせ、ライアンに賢者殺しの罪を擦《なす》り付けた実行犯。騒動後、帝都騎士団に身柄を引き取られ、現在は取り調べをされているらしい。

「今尋問の真っ最中だけれど、ザケル・パスカルを殺したのは間違いないらしいわ。だからお前は冤罪《えんざい》ってことになるわね」

その言葉にライアンの心臓は大きく高鳴った。

「つまり……」

ライアンは緊張で乾ききった唇を動かす。

「俺はここから……、この監獄から出られるのか？」

「そういうことになるわね。流石《さすが》に十一賢者も、絶唱者というだけじゃ、罪には問えないでしょう」

血が勢いよく全身を巡り、叫びたい衝動に駆られる。

この瞬間が来るのは予期していたが、それでも興奮を抑えることはできなかった。

「自由になれてよかったわね、絶唱者。……俺様としては玩具《おもちゃ》が減るわけで、つまらないけれど」

アデルは口をへの字に曲げ、背中を椅子に預ける。

「せっかく闇月王《ムーント》と同室にして、面白くなってきたのにね」

「じゃあ、アンタが、俺とルナーラを同室にしたのか？」

「ええ、そうよ。俺様はいつだって面白くなりそうな方にベットするの」

牢《ろう》に入れられる側からすれば迷惑な話だが、結果としてルナーラと同じ部屋になったからこそ、今のライアンがあるのだ。文句は言えない。

アデルが再び指を鳴らすと、ライアンの前に一枚の紙とインクの付いたペンが現れた。

「出所に関する書類よ。そこに名前を書けば、お前は晴れて自由の身ってわけ」

「……分かった」

ライアンはペンを取り、書類の一番下に自分の名前を記入する。しかし、手が止まった。

名前を書くだけで外に出られる。そう理解しているのに、どうしても筆が進まなかった。

＊

昨日脱獄未遂があったにもかかわらず、監獄学院はいつもと変わらない日常が過ぎていた。

今は午前中。模範囚は校舎で授業を受け、贖罪値に執着のない囚人はグラウンドや収監棟で思い思いに過ごしている。

後者の一人であるルナーラは、時計塔の展望台で、物思いに耽りつつ景色を眺めていた。

早朝、ライアンが学院長室に呼び出された。

メイディ・エクレールが賢者殺しの真犯人だと分かった今、ライアンがアインズバーグにいる筋合いはない。──きっと、ライアンはもう二一七番牢に戻って来ないだろう。

「短い日々だったわね……」

ルナーラは沈んだ顔で呟《つぶや》く。

一週間にも満たない短い間だったが、ルナーラの人生において、これ程までに充実した日々はなかった。

目を閉じれば、ライアンと過ごした時間が脳裏に展開される。全てが美しい記憶ではなかったが、今思い返せば愛おしいものだった。

目頭に熱が溜《た》まり、鼻の付け根が痛む。

ルナーラは胸中に渦巻く感情を否定するように、首を横に振った。

──これが、ライアンにとって最善なのだ。彼はアインズバーグにいるような器《こ》ではな

い。それこそ、アルバートの息子として人々のために活躍するべきだ。この指輪さえ嵌《は》めていれば

ルナーラは詠唱文の刻まれた指輪に目を向ける。この指輪さえ嵌めていれば《繋鎖輪舞》で魔力が流れ、どれだけ離れていようとライアンの力になれる。そう思うだけで、ルナーラは救われた。

「──いたか」

「ライアン……」

ルナーラは再び目を閉じ、想《おも》い人の名を呟く。

「おい、ルナーラ」

不思議なもので、ライアンの声が耳に届いた。どうやら幻聴を聞くまでになっているらしい。

「聞こえてないのか？」

それどころか、すぐ隣にいるように、熱すら感じる。

「──おい！」

ふと、肩を叩《たた》かれたと思えば、ルナーラの視界に入る、黒色の髪。

「わっ、え……！」

予想外の出来事に、ルナーラは大きく飛び跳ねてしまった。

「ら、ライアン……なの……？」

「他に黒髪の知り合いでもいるのか？」

「な、何故《なぜ》ここにいるのよ？」

「ここがお気に入りだって言ってただろ」

「そうじゃなくて！　貴方《あなた》っ、出所できるのでしょう？」

ルナーラは声を荒らげる。

ライアンの目的はアインズバーグから出所することのはずだ。ならば、わざわざ時計塔へやってくる用事はないはずである。

「あぁ、そうだな……」

ライアンはポケットから一枚の紙を取り出す。見たところ、出所に関する書類のようで、ライアンの名前が途中まで書かれていた。

「やめたんだよ、外へ出るの」

あろうことか、ライアンはその紙を破り捨てた。破片は風で彼方《かなた》へと飛び去っていく。

ルナーラはその光景を唖然《あぜん》として見つめるしかできなかった。

「決めたんだ。俺は……皇帝を目指すことにした」

「なら尚更《なおさら》ここにいては――」

「誰もエタリオンのなんて言ってないだろ」

ライアンは鼻を鳴らし、展望台から監獄学院を一望する。

「——俺はここの、アインズバーグの皇帝になる」

＊

「どうしたの、絶唱者。筆が進んでいないけれど」

ライアンは深く息を吐き、アデルの座す机にペンを叩きつけた。

「出所はやめだ。俺はこの監獄学院に残る」

ライアンの奇行に驚愕《きょうがく》したのか、アデルは目を見開く。

「……へー。どういう気の迷い？　皇帝になるって野望は捨てたのかしら？」

「いいや、捨ててなんてない。今決めた、俺はこのアインズバーグで皇帝になる！」

以前は自己暗示のように皇帝を目指していたが、魔力を得た今ならば、虚勢ではなく真に已の目標として堂々と宣言できる。

この監獄学院では贖罪値さえあれば監則を書き換えることも、棟を自治化させることもできる。ならば、十分な贖罪値を集めさえすれば、アデルの代わりに、アインズバーグの頂点に立つのも可能なはずだ。

ライアンの堂々とした物言いに、アデルは失笑した。

「つまりお前は、この俺様の代わりに監獄を支配しようと言うの？　贖罪値を使えば何でもできる、と思っているようだけれど、それはあくまで俺様が認めれば、の話よ？」

「認めないのか？　アンタはいつだって面白くなりそうな方にベットするんだろ？」

絶唱者と魔女の視線が交差する。互いに無言のまま、射殺《いころ》すような眼力を飛ばし合う。

その沈黙を破ったのは、魔女の高らかな笑い声だった。

「ハハハッ！　お前を拾ってよかった！　お陰でしばらくは楽しめそうじゃない」

アデルは机を叩き付け、ライアンに顔を迫らせる。

「いいわ！　もしお前が囚人達の頂点に立って、俺様の提示する贖罪値……そうね、十億を出せるなら、皇帝でもなんでも認めてあげるわ」

「言ったな？　なら、首を洗って待ってろ、白髪の魔女。すぐに引きずり下ろしてやる」

「精々抗《あらが》いなさい、黒髪の絶唱者。お前がその短い生涯を全て使おうと、俺様が一瞬で握り潰してあげるから」

ライアンはアデルを睨《にら》みつけると、書類をポケットに突っ込み、学院長室を後にしようとする。

そんなライアンの後ろ姿を見ながら、アデルは口角を上げた。

「……これが惚《ほ》れた弱み、というやつかしらね」

「なっ！」

アデルの呟きが耳に入り、ライアンは咄嗟《とっさ》に振り返った。

「誰もルナーラに惚れた、とは言ってないだろうが！」

「誰も闇月王《ムーント》の話なんてしてないけれど？」

＊

「……っていうわけだ。俺はこの監獄で皇帝になる」

ライアンから語られるアデルとのやり取りに、ルナーラは唖然《あぜん》としていた。

「貴方、あの魔女に喧嘩《けんか》を売ったの？」

「当然だろ。俺はアイツを引きずり下ろそうとしてるんだからな」

恐れ知らずなのか、何も考えていないのか、ライアンは堂々と言ってのけた。その瞳は確かな意志が纏《まと》われており、本気なのは明白だ。

「俺は、絶唱者のライアン・レランダードをここの囚人全員に認めさせて、この監獄で皇帝になる。その暁にはこの監獄を独立させて、この大陸全土を俺の手中に入れてやる。

――だからルナーラ、お前の夢を半分持たせろ」

ライアンは炯々《けいけい》とした目であまりに大きな野望を語り、ルナーラに手を差し出した。

「本気で言ってるの？　貴方」

「あぁ、俺の最終目標は、この世界の頂点に君臨することだからな！　そのついでに人類と魔族の再統一くらいしてやるよ」

胸を張り、自信ありげに宣言するライアン。きっと、その言葉に虚勢を纏うような意図はなく、ただ純粋に己の野望を語ったのだろう。

興奮で、思考が止まる。息が切れ、言葉が詰まる。

その代わりに抑えていたものが込み上げ、ルナーラは堪《たま》らず両手で目元を覆った。

「……泣いてるのか？」

「私が泣くはずないでしょう。私は三代目闇月王《ムーント》よ？」

どこかで聞いたフレーズを呟き、ルナーラは手の甲で目元を拭う。そして、涙が蒸発するほど熱く、赤い瞳でライアンを睨《ね》めつけた。

「〝私達〟の野望は果てしないわよ？　手始めにこの牢獄《ろうごく》を、次は国を、最終的には魔族領も人類領も全て手中に入れなければならないのだから」

「承知の上だ。この世の全てに俺を認めさせてやるよ」

ライアンとルナーラは不敵に笑う。

魔族が独立してから約三百年、誰一人として成し遂げられなかった夢を掲げているのだ。まだちっぽけな彼らには明確な道筋は見えていない。

それでも、ルナーラは不可能な目標だと思わない。目の前にいる絶唱者の少年となら、成し遂げられると信じられた。

「なら、結局は贖罪値《しょくざいち》を貯《た》めなければならないわね。今からでも今日の授業に参加しましょう」

「いいや、その前にやっておきたいことがある」

校舎へ向かおうとするルナーラを制し、ライアンはローブのポケットから、銀色の魔石を取り出した。

「何をする気？」

「俺はこれから、このアインズバーグで頂点に立つんだ。その前に、《拡声魔術》でここの囚人達に宣戦布告してやる」

「これからもっと贖罪値が必要になるというのに、そんな無駄遣いをしなくてもいいでしょう？」

「頼む、ルナーラ。……やらせてくれないか」

ライアンは真剣な眼差《まなざ》しでルナーラを見つめる。その瞳にいつもの射貫《いぬ》くような力強さはなく、まるで母に懇願するようだった。

収監初日にも見せなかったライアンの表情に、ルナーラはため息を吐《つ》く。そんな目で見られたら、断れるものなどない。

「《贖罪値を全て譲渡するわ》」

ルナーラが宣言すると、二人の持つ魔石が銀色の光を放った。

「貴方の持ち合わせだけじゃ足りないでしょう？　存分に宣言しなさい」

「……ありがとう、ルナーラ。――《贖罪値を全て使用。《拡声魔術》を行使する！》」

声を張り上げ、贖罪値を消費するライアン。きっと、この宣戦布告はライアンにとって自らを鼓舞する意味もあるのだろう。

『あっ……、よし響いてるな』

ライアンは魔石を口元に寄せ、《拡声魔術》が起動していることを確認すると、大きく息を吸い込んだ。

『聞こえているな、アインズバーグの囚人諸君。俺は第三棟の絶唱者、ライアン・レランダードだ。よく聞け、これは宣戦布告だ。俺は近いうちに、このアインズバーグで皇帝の座につく。

俺は……、いや、俺達囚人はずっと疎《うと》まれ、蔑まれてきた。首輪を嵌《は》められ、いいように扱われてきた。……でも、俺達はそんな器じゃないだろ。だから、俺がここの頂点に立って変えてやる。このアインズバーグを誰もが一目を置く国にする。もう首輪を付けられている必要なんてない。だから――』

絶唱者の少年は高らかに宣言する。

この声はきっと、この監獄学院だけでなく、いつか大陸全土に響く。そんな確信をルナーラに抱かせた。

『首を洗え、旗を掲げろ。――囚人諸君、反撃の時間だ』

あとがき

初めまして、蒼塚蒼時《あおつかそうじ》です。この度、第35回ファンタジア大賞で金賞をいただきました。

突然ですが、蒼塚はあとがきから読む派です。

中学一年生の時にライトノベルなるものを初めて読んだ日から今日まで、必ず本編より先にあとがきを読んでいます。本を買おうか迷った時はあとがきの面白さで判断していますし、きっと読者の方も多くがそうであると信じています。

なので、あとがきは面白くないといけません。なんなら本編以上に面白い必要があります。

そんなわけで蒼塚は入選の連絡を受けた日からずっと、あとがきをどうしようか悩んでいました。いついかなる時も、雨の日も風の日も、ヒロインのキャラクターが分からなくなり、「う～ん、可愛《かわい》いってよく分かんないよ～＞＜」とネカマみたいな思考に陥っている時も、悩んでいました。

最終的には蒼塚脳内会議が開かれ、百人の蒼塚が徹底的に議論をし、賄賂に買収、暴力

沙汰まで起きた結果、

「まぁ、最初なんだし、あんまり狙いすぎず、普通のあとがきを書こうじゃないか」という意見で落ち着きました。

つまり、ここまでの茶番は無意味だったということです。無情ですね。


お気付きの方もいるかと思いますが、本作のタイトルとあらすじは、投稿時のものからかなり変わっています。

「魔王」もいないし、「末代」もないし、あまりに形が変わりすぎて、原形の濁点が辛《かろ》うじて残っているレベル。仮に、現在のタイトルから投稿時のタイトルを当てるクイズがあったとしても、正解者は出ないでしょう。

しかし、パッケージや舞台設定は結構変わりましたが、物語の流れや世界観は基本的に一緒です。むしろ、投稿時の短所がカバーされ、より良いものができたと自負しています。

……ただ、尺の都合上出せなかった設定も少なからずあるので、今後、お見せできる機会があることを願っています。


以下、謝辞です。

第35回ファンタジア大賞の選考に携わられた全ての方々、そして選考委員の先生方。蒼塚の拙作を評価していただけたこと、心よりお礼申し上げます。金賞という誉れある賞を与えていただき、誠にありがとうございました。

昔から読んでいたレーベルで物語が書けるなんて夢のようです。これまでいくつもの素晴らしい物語を読ませていただいた分、少しでも多く提供する側に回れるよう努めてまいります。

担当編集の林《はやし》さまと竹林《たけばやし》さま。この物語が世に出せているのは間違いなく御二人のおかげです。——《ダッシュ》の正しい使い方も知らなかった蒼塚を丁寧に導いてくださり、ありがとうございました。

蒼塚の人生経験上、「林」と名字につく方のお世話になりやすいようで、御二人から入選の電話をいただいた時、ここでも林！　しかもダブル……！　と、密《ひそ》かにガッツポーズをしていました。もしいらっしゃれば林界のラスボスである王林《おうばやし》さんや神林《かんばやし》さんにもお会いしてみたいです。前者はリンゴかもしれませんが。

イラストレーターのミユキルリアさま。ルナーラとライアン、その他《ほか》のキャラに素敵すぎる形を与えていただき、ありがとうございました。

「囚人服であり、魔術学園の制服っぽさも欲しいです」という、自分でもなんだそりゃ！

と笑ってしまうような要望に、この上なく素晴らしいデザインで応えていただいて、本当に感謝です。

特に、ルナーラは胸部が鎖とベルトで「士」みたいになっていて、蒼塚は「声」や「売」といった士部の漢字を見る度に、ルナーラを想起するようになりました。……かなり重症です。この病に治療法はあるのでしょうか。有識者の方がいましたら、蒼塚までご連絡ください。

家族、友人の方々。これまで蒼塚を支えていただきありがとうございました。今こうしてあとがきを書けているのは、皆様一人ひとりがいてくれたからです。

最後に、読者の方。この本を手に取っていただき、ありがとうございました。願わくは、貴方《あなた》の人生が楽しい時間ばかりでありますように。そして、この物語がその一欠片《かけら》でありますように。

またお会いできる日が来ることを願っています。

蒼塚蒼時

富士見ファンタジア文庫

囚人《しゅうじん》諸君《しょくん》、反撃《はんげき》の時間《じかん》だ

令和５年３月20日　初版発行

著者――蒼塚蒼時《あおつかそうじ》

発行者――山下直久

発　行――株式会社KADOKAWA

〒102-8177

東京都千代田区富士見2-13-3

0570-002-301（ナビダイヤル）

印刷所――株式会社暁印刷

製本所――本間製本株式会社

※定価はカバーに表示してあります。

●お問い合わせ

https://www.kadokawa.co.jp/（「お問い合わせ」へお進みください）

※内容によっては、お答えできない場合があります。

※サポートは日本国内のみとさせていただきます。

※Japanese text only

ISBN978-4-04-074839-9 C0193

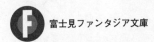

これは世界を救う
1
久遠崎彩禍。三〇〇時間に一度、滅亡の危機を迎える世界を救い続けてきた最強の魔女。そして――玖珂無色に身体と力を引き継ぎ、死んでしまった初恋の少女。
無色は彩禍として誰にもバレないよう学園に通うことになるのだが……油断すると男性に戻ってしまうため、女性からのキスが必要不可欠で!?
シン世代ボーイ・ミーツ・ガール!
王様のプロポーズ
King Propose
橘公司
Koushi Tachibana
[イラスト]――つなこ

最強の初恋
シリーズ
好評発売中!
ファンタジア文庫

細音啓が紡ぐ新たなるヒロイックファンタジー
細音啓
イラスト
猫鍋蒼
キミと僕の最後の戦場、あるいは世界が始まる聖戦
the War ends the world / raises the world
至高の魔
敵対する
アリスリーゼ
帝国と対立しているネビュリス皇庁の第２王女で強力な氷の星霊を使う「氷禍の魔女」

ファンタジア文庫

世界が魔術を定義するとき、

ロクでなし魔術講師と禁忌教典《アカシックレコード》

著：羊太郎
イラスト：三嶋くろね

アルザーノ帝国魔術学院非常勤講師・グレン＝レーダスは、まともに教壇に立ったと思いきや、黒板に教科書を釘で打ち付けたりと、生徒もあきれるロクでなし。

そんなグレンに本気でキレた生徒、“教師泣かせ”のシスティーナ＝フィーベルから決闘を申し込まれるも――結果は大差でグレンが敗北という残念な幕切れで……。しかし、学院を襲う未曾有のテロ事件に生徒たちが巻き込まれた時、グレンの本領が発揮され――!?

真理の講義が始まる——
ロクでなしが織り成す
新世代学園アクションファンタジー
シリーズ好評発売中!!

この少年
すべてが
天上優夜《てんじょうゆうや》
異世界でレベルアップした結果、最強の身体能力を手に入れた少年
シリーズ好評発売中！

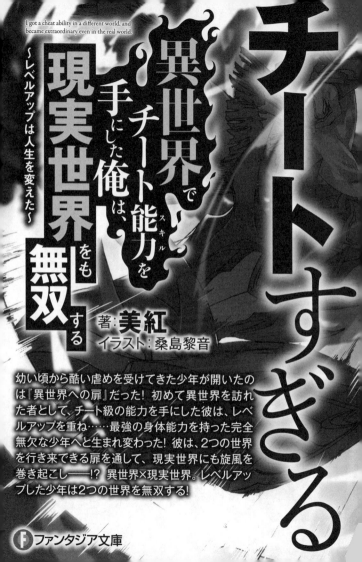

ティナ
四大公爵家の
ひとつ、ハワード家に
生まれた公女殿下。
なぜか誰でも扱える
程度の魔法すら使う
ことができない。
変える
はじめましょう
アレン
公爵令嬢ティナの
家庭教師を務める
ことになった青年。魔法
の知識・制御にかけては
他の追随を許さない
圧倒的な実力の
持ち主。
発売中!

無自覚最強ハーレム！
シリーズ好評発売中！
妹が女騎士学園に
入学したら
なぜか
救国の英雄になりました。
僕
ぼくが。
After my sister enrolling in Girl Knights'School, I become a HERO.
author.
ラマンおいどん
ill. なたーしゃ

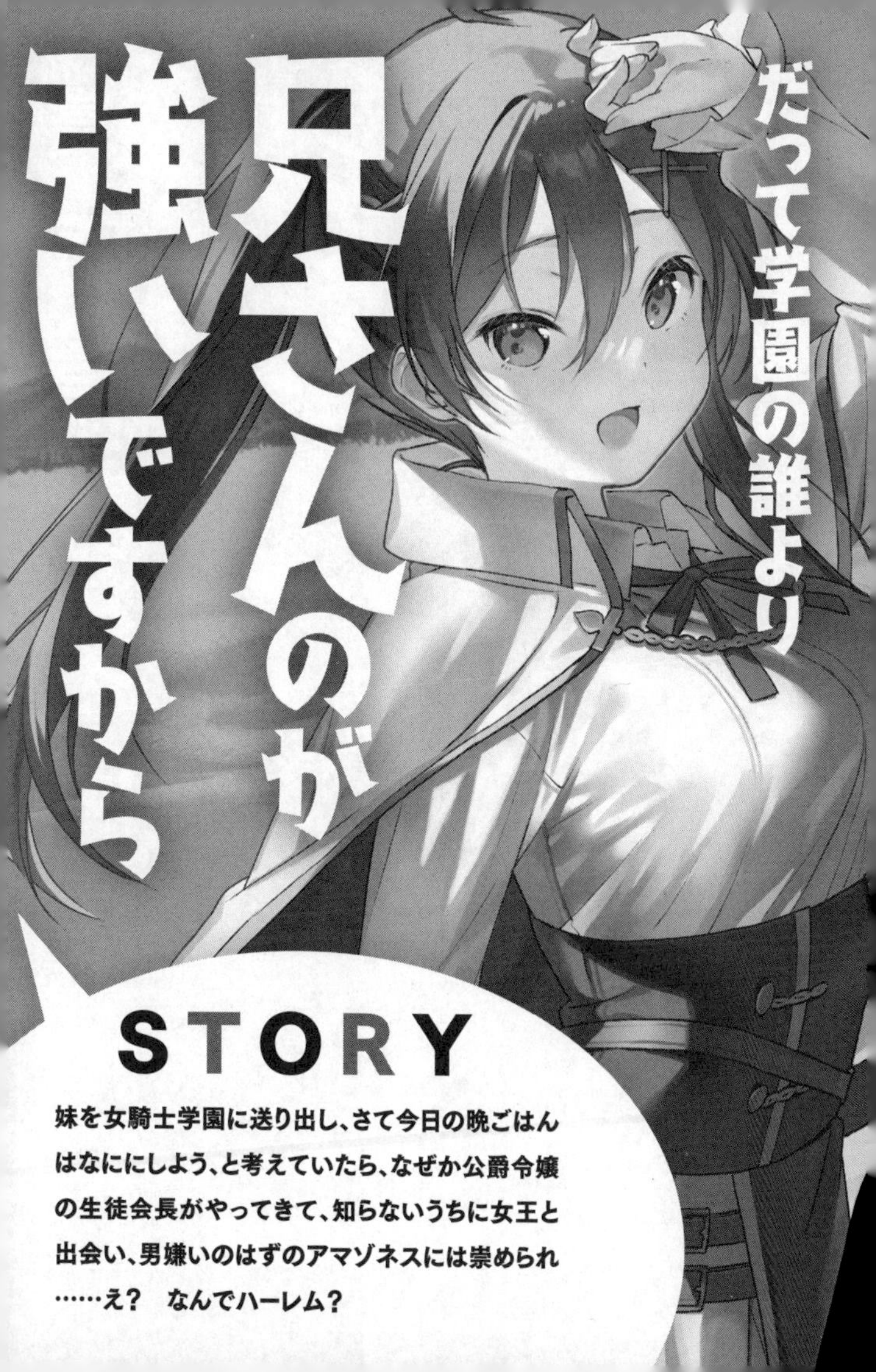

だって学園の誰より
兄さんのが
強いですから
STORY
妹を女騎士学園に送り出し、さて今日の晩ごはんはなににしよう、と考えていたら、なぜか公爵令嬢の生徒会長がやってきて、知らないうちに女王と出会い、男嫌いのはずのアマゾネスには崇められ……え？　なんでハーレム？

切り拓け！キミだけの王道
ファンタジア大賞
原稿募集中！
賞金
《大賞》300万円
《金賞》50万円
《銀賞》30万円
選考委員
細音啓「キミと僕の最後の戦場、あるいは世界が始まる聖戦」
橘公司「デート・ア・ライブ」
羊太郎「ロクでなし魔術講師と禁忌教典《アカシックレコード》」
ファンタジア文庫編集長
前期締切 8月末日
後期締切 2月末日
公式サイトはこちら! https://www.fantasiataisho.com/
イラスト／つなこ、猫鍋蒼、三嶋くろね